西遊真意

儒、释、道、周易立体揭秘《西游记》

王杰星 著

时事出版社

图书在版编目（CIP）数据

西游真意/王杰星著．—北京：时事出版社，2016.2
ISBN 978-7-80232-937-9

Ⅰ.①西…　Ⅱ.①王…　Ⅲ.①《西游记》—小说研究
Ⅳ.①I207.419

中国版本图书馆 CIP 数据核字（2015）第 299508 号

出 版 发 行：时事出版社
地　　　址：北京市海淀区万寿寺甲 2 号
邮　　　编：100081
发 行 热 线：（010）88547590　88547591
读者服务部：（010）88547595
传　　　真：（010）88547592
电 子 邮 箱：shishichubanshe@sina.com
网　　　址：www.shishishe.com
印　　　刷：北京昌平百善印刷厂

开本：787×1092　1/16　印张：17.75　字数：200 千字
2016 年 2 月第 1 版　2016 年 2 月第 1 次印刷
定价：48.00 元
（如有印装质量问题，请与本社发行部联系调换）

前言

众所周知，我国历史悠久，是古老的四大文明古国之一；中华文化博大精深，拥有五千年璀璨的历史。我们的华夏文明，曾一度是世界文明的风向标。今天，随着传统文化的复兴，茶余饭后，聊传统文化、学习传统文化俨然成为一种时尚、一种享受。我们开始学习传统文化经典，吸取当中的智慧，不再盲目地西化。盲目西化、去中国化，对国人而言确实是件很悲哀的事。西化让我们迷失，让我们浮躁，让我们人情淡薄，让我们伦常颠倒。今天，学习传统文化的思潮悄然兴起。这股思潮，宛如一阵春风，滋润着每一个人的心田。这股春风让我们回归传统，继承传统。回归传统让我们自立，继承传统让我们自信，发扬传统让我们自强。一个伟大的民族，必定会有伟大的文明、伟大的文化传承！几千年来，华夏民族虽历经沧桑，却屹立不倒，正是因为我们有优良的文化传承。我们的传统文化经典有很多，春秋时期有诸子百家，两汉有经学，魏晋有玄学，唐时儒释道三家鼎立，宋明有理学，明清以后则是接地气的小说。

四大名著可谓家喻户晓、老少皆知，而其中最为声名远播的，当首推《西游记》。我们的国人可以说大多数是看着《西游记》长大的。正是因为有了这本书，我们的童年不再寂寞；正是因为有了它，我们的童年多了许多乐趣与美好回忆。但是有一点，相信有很多人是不清楚的，即《西游记》其实是本旷世奇书！之所以称其为旷世奇书，是因为其中藏有太多不为人知的秘密。《西游记》中不但大量涉及儒释道三家的核心思想，甚至贯通了诸子百家的思想精粹。举例为证：

第二回里须菩提祖师传授悟空的诗句：“月藏玉兔日藏乌，自有龟蛇相盘结。相盘结，性命坚，却能火里种金莲。”这首诗里的用词完全是道家的专业丹道术语，《西游记》中此类诗句及术语极多，这便涉及大量专业知识，一般的小说家是万万不具备这样的功底的。再如第十四回开头诗句：“佛即心兮心即佛，心佛从来皆妄物。若知无物又无心，便是真如法身佛。”这首诗中，心是佛，佛是心，心佛皆妄，是典型的释门禅理，亦合乎释门的中观破相学说。像此类禅理诗句，《西游记》书中颇多。

再如，书中凡是涉及到方位数字的地方，均用到了周易知识。如第一回中记载了悟空出世前的那块仙石：其石有三丈六尺五寸高，按周天三百六十五度；有二丈四尺围圆，按政历二十四气；上有九窍八孔，按九宫八卦。这些词汇均是天文星象及周易当中的专业词汇，一般人是不会轻易运用到此类知识的。而且，像此类运用周易知识的情况，书中还有很多。

此外，《西游记》中还充满着前后矛盾。如第九回说唐僧的父母于贞观十三年完婚，后生下唐僧，但是到了第十三回说到唐僧出行取经的时间，又恰恰是贞观十三年。唐僧父母被恶人所害，唐僧长至十八岁，为父母报仇雪恨后才出行去取经的。我们应该相信，能够写出《西游记》此等巨著的作者，如按我们现今的学历来衡量，肯定是具备小学一年级水平的。连一年级学生都知道十三加十八等于三十一，唐僧出行取经的时间应是贞观三十一年才是，可为何出行取经又是贞观十三年？这样的情况，真是矛盾重重。像此类问题，《西游记》中还有很多。

如第九十八回师徒到灵山脚下，玉真观金顶大仙前来接应，言年年等候，杳无音讯，等了十年师徒才到灵山。而后在雷音寺如来传完经于师徒，观音菩萨又说，师徒是历经一十四年才到灵山的。这里就又互相矛盾了。故凡在《西游记》中遇见此类情形时，千万不要以为作者是不会算数的。其书中但凡有大矛盾处，正是藏有大真诀处。这一点一定要注意！

书中还有一点很特别，就是在描述师徒取经目的地雷音寺时，完全将其描述成儒释道三家合一的景象，雷音寺在《西游记》中并非释家的“独家直营店”。而描述到雷音寺主人公如来时，也是如此，俨然就是三教合一，可见如来也并非释家的“专利”。

以上描述也只是提取了《西游记》中很少的部分来举例的。因此，从其全书所涉及的知识面来看，我们有理由相信《西游记》并非一本简单的神话小说，也绝非一本哄小孩的故事书。《西游记》中可谓随处是密码，处处藏真诀。在接下来的篇章里，我们将运用儒、释、道、周易当中的核心思想，来破译解析《西游记》中所藏的密码和真诀，带您领略不一样的西游。

另外，为方便读者比对学习，从第三章开始笔者会选录《西游记》中的原文，在原文底下做阐述解析，以便于读者更加清晰地感悟西游。本书引用的原文部分，若有与《西游记》原文不同的地方，皆因其原文部分太长，笔者适当做了文字压缩，但关于其原书的故事情节，笔者没有做任何改动。本书原文部分是以清朝刘一明的《西游原旨》为底本的。特此声明！

目录
Contents

第三章 孙悟空真行者

第四章　人的心是“唐僧”

第五章　白龙马大脚力

第六章 良能猪八戒

第七章 诚意沙悟净

第八章　雷音寺真相

第一章

我这么读西游记

1.《西游记》是本什么书

四大名著自成书以后，千百年来一直为人们所津津乐道。其中最富有神秘色彩，又别有趣味的，当首推《西游记》。老百姓普遍都喜欢看《西游记》，后又将其搬上了荧幕，使之成为荧幕经典，《西游记》也因此名扬海内外。当然，四大名著中最富争议的也非《西游记》莫属。此书自明代成书以来，关于其内容属性、作者归属就争论了好几百年，直到近代才稍微平息了点。

我们如将《西游记》全书通读下来，稍微思索一下就会发现，里面描述的情节有好多地方都相互矛盾，有些甚至很不严谨，真是迷雾重重！如孙悟空到西牛贺洲，拜须菩提祖师为师，学得七十二般变化，会筋斗云；到东海龙宫，取得定海神针金箍棒；又到地府改了生死簿；还上天庭偷吃了王母蟠桃，盗了太上老君仙丹；之后大闹天宫，十万天兵天将擒之不得，而被如来压在五行山下；直到五百年后，唐僧才将其救出，继而保护唐僧去西天取经。《西游记》全书均是围绕师徒去西天取经而展开的，取经之前悟空早已本领通天，可为何取经路上，每遇妖怪阻难，却总也打不过，还常常要上天庭去搬救兵来解围。这些情节明显就是反复矛盾的。

有人说，守天宫的天兵神将们是给玉帝打工的，所以悟空大闹天宫时，天兵神将们都不舍得卖力，因此悟空才未逢敌手。而取经途上所遇之妖怪，都是自己创业当老板的，心态不同，卖力程度也不同，故悟空才频频踢到铁板，只能上天求救了。如此强扯看似有理，其实是一点也说不过去的。悟空在取经路上，遇到妖怪时经常不堪一击，无奈之下，只得上天庭去搬救兵，而天兵天将只要一出手，却常是轻易就把妖怪降服了。那我们不禁要问了，悟空连妖怪都打不过，连天庭里的一头神兽都打不过，又怎么能够大闹天宫呢？

另外，唐僧在取经之前，办事说话超有智慧，为何取经路上，却老是犯迷糊，动不动就涕泪横流、怨天尤人的？诸如此类的情节有很多，真是疑点重重？

这本书自成书以来，关于其内容属性，持各种观点者均有。有人说《西游记》是本医书！里面确实有涉及到人体的生理、病理以及辩证治病的章节。如第六十九回中就有悟空在朱紫国帮国王悬丝诊脉，辩病证，配药治愈国王的情节。

有人说《西游记》是本儒家书！里面确实有大量的儒家《周易》、《河图》、《洛书》以及《中庸》之旨。如第十回就有袁天罡叔父袁守诚为龙王卜雨，下雨时间、点数分毫不差，龙王私改下雨点数，却遭来杀身之祸。书中还有袁守诚为龙王指点迷津的故事情节。并且，书中所载的方位皆合《周易》卦象方位。书中凡是涉及到数字的，也与《周易》、《河图》、《洛书》有所关联。

有人说《西游记》是生活书、哲学书！书中第十回，渔翁张稍与樵子李定，二人的对话、吟诗，见地实属高见。

有人说《西游记》是本谋略书！书中师徒一遇困难，悟空便奇思妙想，各种招数，虚实结合，捭阖进退，确实有勇有谋、有智有慧。

有人说《西游记》是本释家书！里面确实存在颇多禅理，不少诗中皆蕴含禅理。如第十九回，收完八戒后，路过浮屠山，乌巢禅师授唐僧《多心经》。禅师把整篇经文口诵了一遍，唐僧赶紧拜授。

有人说《西游记》是本道家书！这种观点从明末就开始存在，到清时已盛，更有学者公开称之为《西游证道书》，清时陈士斌（悟一子）对其做了全面破译，称为《西游真诠》。随后，乾隆年间悟元子（刘一明）又更加全面深刻地进行了解析整理，称之为《西游原旨》。

那我们不禁要问了，到底哪种观点更正确呢？关于这一点，只要大家认真学习传统文化，认真参看各家经典，放下宗派门户之见，打开心扉，自然而然就会有答案的。《周易》上讲："地势坤，君子以厚德载物"，就是在告诫我们，心胸要像大地母亲一样博大，那样才能无所不包、无所不载！如有这等心胸，即是与天地合其德，与日月合其明，才可谓跳出三界外，不在五行中！

2. 关于作者

如今市面上所售《西游记》，署名都是吴承恩。这个署名其实是到了近代才定下的。关于本书的作者是谁，历史上争论已久。有人说是吴承恩，有人说是无名氏，有人说是华阳洞天主人，更有人说是明代嘉靖年间的“青词宰相”李春芳。清朝时，也有人认为《西游记》是元代全真龙门派创立者丘处机所著。纪晓岚在《阅微草堂笔记·卷九·如是我闻》中已经指出，《西游记》中的祭赛国之锦衣卫、朱紫国之司礼监、灭法国之东城兵马司、唐太宗之大学士、翰林院中书科，这些官名皆同明制。丘处机是元代人，著书时好像不应该用明朝官制。从这点来看，《西游记》作者当是明代人无疑。

历史上最早的《西游记》是金陵世德堂刻本，包括几种明代版本的《西游记》都是没有署作者名的，也没有署名吴承恩，但却都有署名华阳洞天主人校，这一点是有明确史实依据的。《西游记》里不仅有儒家思想，还大量涉及到道家丹道与释家禅理。吴承恩是明代嘉靖年间的才子，书文诗画名震一时，但纵观其一生，有大半生都在追逐功名，哪有闲情逸致去悟道参禅？吴承恩留下的诗文集中，也没看见有论及释道二家核心思想的，这点不得不让人产生疑惑。这就好比一个文人，教了一辈子书，在他去世后，居然有人说他是武林高手，还留下一本武林秘笈。这难免让人生疑。更何况《西游记》还是一部圆融儒释道，且集诸子百家为一体的经典佳作！

可见署名为吴承恩，显然是站不住脚的。华阳洞天，道家十大洞天之一，就是现如今的茅山；主人，主宰之人。可见华阳洞天主人至少也是一位博通百家的宗师，或是一位得道高真，或是一位掌门之类的人物。不过有一点是可以肯定的，就是从《西游记》中所兼容的儒释道知识来看，作者应该是位全真后学。当然在没有更明确的史实依据出现之前，我们依据古制，在本书中提到《西游记》作者时，即提华阳洞天主人。

3.《西游记》在讲什么

当我们放平心态，深入学习传统文化后就会发现，古人著书往往寓意深厚，直指人心。圣贤之心，真有如日月，光照天地！但是古人也有个特点，即认为天律甚严，不肯轻泄天机，于是在慈悲与戒律双重胸怀中，就形成了一种模式——很多书常常是用暗语、寓言、故事、小说等形式留下经典，来续法脉的。或许是因为人对太容易得到的东西不会珍惜吧，因此取经路上要经过十万八千里，历经种种磨难，最后才能取得真经。

《西游记》就是在这种背景下产生的佳作。《西游记》开头第一回就已明示，“灵根育孕源流出，心性修持大道生”。灵根是喻天地元气，先天虚无之气，此元气是天地万物之本。心性修持，拿儒家来讲是存心养性，拿道家来讲是修心炼性，拿释家来讲是明心见性。作者唯恐读者错看，还在标题下面附了一首诗，再一次提醒读者“欲知造化会元功，须看西游释厄传”，以此明示《西游记》的主旨是让人“释厄”的，让人解脱烦恼的。历史上的唐玄奘是去天竺取经，《西游记》里的唐三藏是去雷音寺取经。两个人取经的目的地是完全不一样的。因此，书中的唐三藏并非历史上的唐玄奘，此三藏非彼玄奘。

书中所有的人物——师徒四人与白龙马、神仙、鬼怪、佛、菩萨以及地名、国土、山川河海，都是有特定标签及深刻寓意的，并非实指人物。这一点需留意。《西游记》通篇皆通过人格化、形象化的故事情节，来喻示阐述大道修身之理。简单来说：正确的、正能量的，用神仙、佛、菩萨来表述；错误的、负能量的，用妖魔或鬼怪来表述。师徒每经过一个国家，解决了国王与国民灾难后，收到了通关文牒，就喻示着修身功夫得到实证、印证。

书中所有的人物——师徒四人、白龙马、神仙、鬼怪、佛、菩萨，看着是好多人；地名、国名、山川河海，看着是好多地方。但归纳一下，再多的人、再多的地方，说的也是一个人的事，即一个人从修身立己到修身觉悟成就的全部过程。这个过程，即一个人的心路与生命轨迹的历程。

师徒四人与白龙马，完全是一个整体，取经路途喻指每一个人的修身过程，师徒到达雷音寺，就代表成就了修身功夫。妖魔、鬼怪喻指错误的妄知、妄念、妄见与烦恼。神仙、佛、菩萨喻指正确的正知、正念、正见与解脱。当然，这种观点可能很多人会反对。那我们可以去看下原文，《西游记》第九十八回说，师徒到灵山脚下玉真观，从玉真观上灵鹫山，要过凌云渡，师徒就上了接引祖师的无底船过河。那佛祖轻轻地用力撑开船只，只见上溜头泱下一具死尸，长老见了大惊，行者说道：师父莫怕，那个原来是你！八戒也道：“是你！是你！”沙僧拍着手也道：“是你！是你！”那撑船的打着号子，也说："那是你！可贺！可贺！"他们三人也齐声相贺，不一时，稳稳当当地过了凌云渡，三藏才转身轻轻地跳在了彼岸。

诗曰："脱劫胞胎骨肉身，相亲相爱是元神，今朝行满方成佛，洗净当年六六尘。"

细看这一段内容，师徒四人过河，从船上泱下一具死尸，师徒四人都彼此说是你，师徒四人也都齐声相贺。师徒明显是一体无疑！当然也可以说，书中所有的人物——神仙、菩萨、佛、妖魔、鬼怪都是与师徒有关联的，因为正能量、负能量都可以存在于我们每一个人身上。我们在日常生活中，到处奔波，四处追求，在此过程中，难免产生各种念想。脑海里的妄念、妄知、妄见是从我们内心显相的；正念、正知、正见也是从我们内心显相的。没有我们的这颗心，哪来的妄念、妄知、妄见，哪来的正念、正知、正见。没有妄念、妄知、妄见，没有正念、正知、正见，哪来的我们的心啊？因此，万物是可以同体的，烦恼即是菩提，菩提即是烦恼。

本书从开始到结尾，始终贯穿着一条释厄主线。释厄即解脱烦恼。古往今来，无论是东方还是西方的圣人，都在尽力做好这个"项目"，只是各家侧重点不同、风格不同，但是发心与目的地应无二致。《荀子》讲："天下无二道，圣人无两心。"释曰："一切圣贤，皆以无为法而有差别。"老祖宗的古语里也讲，"东方有圣人，西方有圣人，此心同，此理同"。从春秋时期的百家争鸣，到隋唐的儒释道三家鼎立，释家虽是外来，但随着历史的推进，文化的相互交融、碰撞、吸收，其已俨然成为独具中国特色的释家文化，成为我们传统文化中不可分割的一个部分。

《西游记》里的释厄传，采用不同的角度、不同的学说去论述同一个真理，最终回归到一个终点上。书中有大量的儒释道核心思想，涉及《周易》、《河图》、《洛书》、《中庸》、丹道、禅理、兵家谋略、中医等等。有好奇者或许会问，兵家谋略与解脱烦恼有关系吗？读者如有时间，可以去阅读下《庄子》。《庄子·内篇》里讲，最上等的谋略就是用“道”来把握的。

不单《西游记》受了《庄子》的影响，后世百家受《庄子》影响者亦甚多，包括释家有多个宗派均受其影响，特别是三论宗与禅宗更是深刻。这一点是有史实依据的，是经得起检验的。

《西游记》涉及的知识面非常之广，真可谓一本奇书！一本绝书！书中涉及诸家之言，真可谓包罗万象！

第二章

西游记解密

1. 释厄主线

本书的主轴是释厄，释厄就是要解脱烦恼。解脱烦恼，需要修身立己，需要安身立命，需要性命兼顾。如按我们现代话来讲，解脱烦恼不单是心灵的觉悟，生命的质量也是至关重要的。也就是说，心理与生理都要兼顾。修身先通过心的觉悟明了，心明了后就能消除心里的负能量，因为有什么样的病态，就会有什么样的心态。心理与生理是互相影响的，修身就是要通过改变自身心的认知，继而去改变和影响自身生理的状态。生理状态好了，也会反过来影响心理状态。

因此，释厄不仅要心灵觉悟解脱，更要身体强健，诸病不侵，寿至天年。要到老都长得年轻，这样的年轻不用打羊胎素，不用打美容针，浑然天成，这才是释厄。

《西游记》开头、中间以及结尾的诗句中，往往蕴藏着释厄玄机。书中真是世间法说尽，天道说尽，天时、人事说尽。出世入世，身家性命，修身立己，无不说尽。每一个故事情节，都有深意。玄机常常隐藏在故事中，或隐藏在人物对话中。书中核心的内容常是道家术语。《西游记》的篇名、诗句及故事情节中大量用到金公、木母、刀圭、婴儿、心猿、意马、精、气、神、金乌、玉兔、龟蛇、元神、黄婆、木性、金情、四象、攒簇等等词汇。这些词汇均是道家修身功夫涉及的专业术语，而且是道家惯用的暗语。

《西游记》里的故事情节，设计得非常巧妙，贯通三教百家之理，以道家《参同契》、《悟真篇》、《内经图》、《修真图》为主线，外演儒家《河图》、《洛书》、《周易》、《中庸》以及释家《金刚》、《法华》之秘。此外，还加入了兵家、医家、诗词文学、术数、民俗学、社会学等等知识为调料，真可谓集采诸子百家，妙趣横生地阐述释厄西游。

2. 姓名玄机

猴王拜师求法后，菩提祖师赐猴王姓“孫”。祖师说：“子者，儿男也，系者，婴细也，正合婴儿之本论，教你姓孙吧！”猴王听说，满心欢喜，朝上叩头道：“好！好！好！”今日方知姓也，《西游记》里三徒的法名，在不同的地方由不同人的赐名但结果都是用同一个“悟”字排行的。在第一回里，菩提祖师赐姓名时道：“我门中有十二个字，分派起名，乃广、大、智、慧、真、如、性、海、颖、悟、圆、觉十二字，排到你正当‘悟’字，与你起个法名，叫做孙悟空好吗?”第八回里，观音菩萨领佛旨，要去东土寻取经人。路过流沙河，度化沙僧时，为沙僧摩顶受戒，指沙为姓，赐名“沙悟净”。后到福陵山度化八戒时，为八戒摩顶受戒，指身为姓，赐法名“猪悟能”。

菩提祖师赐名在前，观音菩萨赐名在后；菩提祖师，道家也，门派十二字“广大智慧真如性海颖悟圆觉”，禅语也。菩萨只赐法名，并未提及门派排行，到第十四回时，唐僧从两界山救出猴王，要给猴王起个法名，为了好呼唤。猴王道：“我原有个法名，叫做孙悟空。”三藏欢喜道：“也正合我们的宗派。”这里不同人赐名，不同地方赐名，最终辈分排行一样，明显是要告诉我们：在《西游记》里，观音菩萨、三藏他们的宗派就是菩提祖师之宗派。亦可以说在书中，释道二家并无二致！在现实里，释道二家都是在追寻真理，传播真理，引导大家解脱向善的，这一点上二家也确实有共通处。这十二个字排行，涉及的都是心性功夫，真的做到“广大智慧真如性海颖悟圆觉”，那就是成就了修身功夫。此外，《西游记》里。师徒四人都是同时有几个名字的，如孙悟空、孙行者，唐三藏、乳名陈江流，猪悟能、猪八戒，沙悟净、沙和尚。师徒四人详细的姓名玄机，会在其各自的人物章节里做全面深入的阐述。

在《西游记》里，之所以一个人物有几个名字，是要表达不同寓意的。如第十三回中，三藏遇难，猎户搭救，猎户姓刘名伯钦，绰号镇山太保。伯钦是人物标签，而镇山太保则是喻意标签。一个人物，两个名字，就有两重含义；有时甚至一个人物，有四个名字，而四个名字就会有四重含义。读《西游记》，一定要仔细参悟，书中写作笔法常是一笔双关，甚至一笔多关。不参悟此境，读《西游记》

就难免会觉得，有太多地方冲突严重，让人无所适从。如能细细品味，即能赏玩其中三昧。

3. 师徒长相与兵器

师徒四人，唯唐僧是美男子。而三徒，却是皆具丑相。唐僧美男子，温柔有礼貌；三徒丑男子，行为粗犷。美男子不能降妖，而丑男子能降妖。世间里，美男子不一定能干，丑男子也不一定不能干。世间有很多事，在很多时候常是表里不一的，遇事不能永远只用一招。有时要温柔，有时要粗犷；有时要美，有时要丑。正反之机不可不知。在修身立己的过程中，常常会遇到很多障碍。对待有些障碍，不能总是温柔地处理，要勇猛才能精进；当然也不能只知道刚强，还要知道上善若水。

正反之机，出自天地之理。道德真言《老子》上讲："有物混成，先天地生，寂兮寥兮，独立而不改，周行而不殆，可以为天下母，吾不知其名，字之曰道，强为之名曰大，大曰逝，逝曰远，远而反。"

天道与人道常常是相反的，修身立己就是要反向做功。世间讲追求，而圣贤重自然。孟子讲：学问之道无他，求其放心而已矣！释家讲：放下即是解脱！正反之机，《西游记》里，此旨尤重！关于正反之机，后世的道家也常常称之为顺逆之机。

另外，三徒所带兵器，八戒、沙僧之神兵随身而带，只有悟空的兵器是藏在耳朵里的，用时方才取出。为何差别会如此之大？理解这些差别，需要从阴阳五行入手，需要从修身立命的功夫中入手。在后面的人物章节里，会做全面的阐述与破译。

4. 故事情节

《西游记》从开始到最后，故事情节非常多。作者常常借用人物对话或故事情节来喻示玄机，书中有些故事情节是直接反映社会现象的。如第十三回中，三藏遇猛虎、长蛇、毒虫、怪兽围困，幸遇山中猎户刘伯钦将其救护。后三藏为其父念经超度，分文未收谢礼。伯钦救三藏没讲报酬，三藏为其家父超度，也是分文未收。双方均是义字当先，无私奉献。这里喻示：义是我们日常生活中接人待物之善始善终，不可缺，修身立己就是要先守好人伦之本。

书中有些故事情节则是在喻示玄机。如第一回中，猴王寻师问路，樵夫道："不远！不远！此山叫做灵台方寸山。山中有座斜月三星洞。那洞中有一个神仙，称名须菩提祖师。"斜月三星，一个月字斜着写，上面点三个星点，不就是一个"心"字吗？我们的心里面，时时刻刻都在产生大量的想法和欲望，犹如我们的心里面，时时刻刻都装进大量的东西。古人形象地称，我们的心里面有个房间，有个心室，有个洞，所以才能装下那么多想法、那么多欲望。

洞里有个神仙，即心室房间里有个神仙——须菩提祖师。菩提是心的觉悟，心里的神仙就是觉悟了的心。亦可以说，神仙的心只是觉悟了的心，故须菩提祖师确实离我们不远。神仙就是我们自身觉悟了而已，只要我们的自心觉悟了，我们就是“神仙”了。故无需将神仙神话，这里用的就是喻示手法。

书中亦有好多人物吟诗，是在传法诀，而不是单纯的诗句。如第二回里菩提祖师给悟空传道之诗，第十九回里八戒自报身世与兵器之诗，均是在传法诀。又如第二十二回里悟净自报身世与兵器之诗，也是在传法诀。

书中每遇到一个情景，或每结束一个故事，所配之诗句亦是大有深意的。书中描述的地点景象与情节也是暗藏玄机的。如书中每次描述观音菩萨吹气时，都是说吹了口“仙气”。这样去描述，不理解的人会觉得有点奇怪；描述灵鹫山雷音寺的场景时，也有点怪，描述的就是个人间仙境；更奇怪的是，师徒到雷音寺后，如来说的话一口儒家味，招待品全是道家菜，传的是释家经文。这好像有点串烧、有点混搭！要是当时有人在场的话，肯定以为走错门了。其实作者这么安排，是有深刻意寓的。

作者将三家景象放在一起，有两层含义：一是要喻示儒释道三家门殊道同，三家同真；二是要提示我们，天地无私，圣人之心无私。抛开狭隘的门户宗派之见，就会知道文化是可以相互吸收、相互交融的。彼此之间相互学习、相互交融，只会让彼此更加圆满。

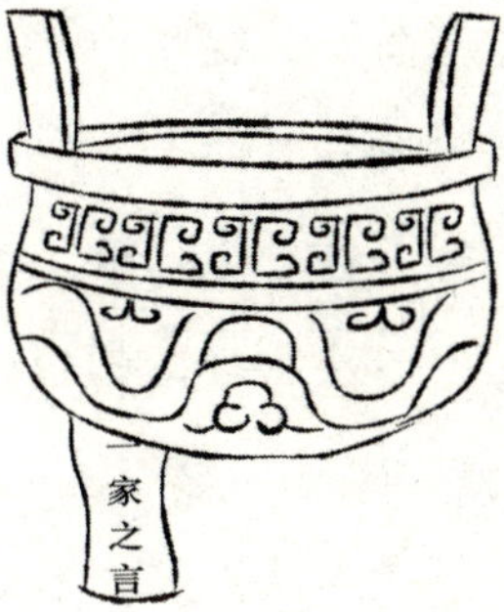

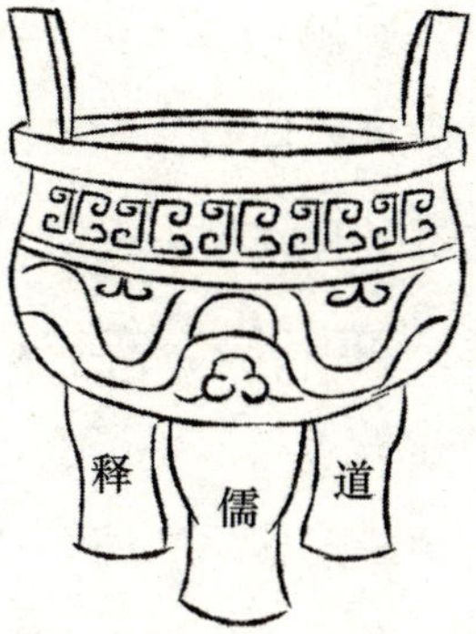

诸子百家

要是只执一家之言，难免会陷入执著。比如镇国重器“鼎”，要是只有一只脚，能站稳吗？能成为鼎吗？显然只有三只脚的才是鼎，也只有三只脚的，才是最稳当的。我们的一生，也是需要安全稳当的。

总而言之，书中有些情节是明示，有些情节是喻示，有些情节是在寓意，有些情节是在传法，有些情节还得配合《周易》、阴阳五行来翻译才可。

还有一点需要补充说明一下。唐僧在取经出发前，非常有勇有谋，而出发取经后，却好像变得愚昧不堪了，而且常流泪哭诉。悟空此前本领通天，保护唐僧出发取经后，却好像也本领退步，智慧下降了。这些看着好似矛盾重重？其实不然！作者之所以这么安排故事情节，是蕴藏玄机的。这里面有两层含义：师徒取经前的故事情节，多用于阐述喻示大道修身之理或出世之理，而非入世实践的理论。师徒出发取经后的故事情节，多是喻示入世修身功夫的实证之理。实证功夫就是需要一步一步，脚踏实地摸爬滚打去实践的。

修身过程本来就是一边前进，一边出错，一边修正，来回如此，直至修正圆满。禅宗讲："理可顿悟，事需渐修。"理可顿悟速明，实证功夫可要慢慢做。正因如此，师徒取经前智慧非常，而出发取经后遇到种种困难，也就顺理成章了。理解了这一点，就能品出此中三昧。如禅宗大成就者慧能，受其师弘忍传法后当即顿悟，顿悟后却还在猎人队里隐了十五载才出来弘法。其师弘忍传法是顿悟，隐十五载是实证。实证做功夫，是万万不能速成的。天雨甘露，难滋无根之草。这点诸子百家皆同。

5. 周易五行

《西游记》里大量将周易八卦、阴阳五行植入故事情节中。如书中第一回，悟空要拜师学艺，往南走到南瞻部洲地界，八九年无所得。还有，书中有多处写妖怪是住在南边的。南在周易里是配离卦。离卦配入人体代表心，离卦的卦象代表火，火性炎上，合在一起就是喻示我们：心火炎上，人心躁动不安，焉能得法？故八九年寻仙访道无所得，人心躁动不安、心神不宁，负能量随身，所以有"妖怪"居之！妖怪只是个比喻，如一个人干了亏心事或做事理亏，我们也常说这个人心里有鬼，这些都是在比喻。《西游记》中的故事情节也是如此，都是在借故事、借象寓意而已。

后天八卦图

《西游记》里所用的方位都是后天八卦方位，所用的地名、人名、数字处处是五行生克。如第四十回里，遇圣婴大王，其在火焰山修行了三百年，炼成三昧真火，乳名叫红孩儿。三，在周易先天数里代表离卦，离卦代表火。红，配入五行属于火。住枯松涧，涧边有一座火云洞。枯松者，五行属木也；火云洞，五行属火也。枯松涧边火云洞，木生火。从修行场所火焰山，到修行年数三百年，到练功的法门三昧真火，到住的地方枯松涧火云洞，到人的名字红孩儿，全是离卦，五行全是火。这么多火在一起，还有木来生，怎么能不喷火啊！

而书中的人物故事情节，整体布局也是严格按照八卦五行、相生相克来设计的。如第九十二回中，在青龙山遇犀牛怪，悟空没有办法，上天庭求救。太白金星长庚指点，唯有四木禽星方能降之。悟空上奏玉帝，玉帝差许天师与悟空去斗牛宫，点四木禽星下界收降，后果降之。牛精，地支丑也，在十二地支里丑就是牛。丑，五行属土。四木禽星是二十八星宿中的角木蛟、斗木獬、奎木狼、井木犴。这四个星宿五行都是属木，木能克土，故能降之。且犀牛精是住在东北方艮地上的青龙山。东北方，配入后天八卦是艮卦位，艮卦的地支藏丑与寅。丑牛五行属土，寅五行属木，木配入周易卦象六神中，是代表青龙。故犀牛精是住在东北方艮地上的青龙洞。

细看《西游记》就会知晓，里面到处用到周易卦象、卦数，用到五行生克，并且丝丝入扣，没有丝毫差错。书中人物的动作，也是严格按照周易八卦来的，只要是吹风、吹气，不管是神仙、菩萨、悟空还是妖魔鬼怪，都是往“巽”地吹。巽在周易八卦万物类象中，就是代表气、代表风。因此，看《西游记》也需要具备周易八卦、阴阳五行的生克知识，这样才不会受到迷惑。这是《西游记》一书中的一大亮点，不可不注意。以上所举也只是抛砖引玉，《西游记》中的故事情节用到周易八卦、阴阳五行之处，还有很多很多。大家可以参照这个思路去解读，就能破译西游了。

6. 数字密码

《西游记》一书还频频用到数字。所用之数字，都是有密码的，并非只是代表单纯的数字而已。书中引用的数字，归纳一下基本上有四个原则：一用周易先天数，二用河图数，三用洛书数，四用天文星象数。而且，还有一个非常明显的特点，即凡是表述的数字超过十，就要用天文星象数；如不超过十的，就用周易先天数、河图数与洛书数了。古人用数的基数，常常是不过十的。这是因为《周易》、《河图》、《洛书》里，最大的数只到十。这点在中医的方子里体现得淋漓尽致。在中医的药方里，所下药材的重量或数量，基数一定不会过十的。如遇大病之人，需要下重药，也是根据病人病情，依据医理，按其所需药材，以其基数去翻倍，而其基数并不会超过十。

如一个方子里，一味药下三分，不够就下九分，就是三个三分；再不够就下三钱，十个三分。反正就是按三的基数去翻倍，具体翻多少倍，视病人病情而定。经方配药，一定不会下个一钱一分、一钱三分或一钱四分之类的。那样就成了十一、十三、十四，如此就是过了十的基数了。我们今人对此可能会有疑问，但古人确实常常如此。再比如众所周知的紫禁城，不管哪个地方，需要用到的数目或数字基本都是围绕五和九来的。因九是极阳之数，代表至高至尊；五是中宫之数，代表中道、圣人之道。

在《西游记》第一回中，猴王出生的那仙石，有三丈六尺五寸高，按周天三百六十五度；有二丈四尺圆，按政历二十四节气。这里运用的就是天文星象数。而《河图》、《洛书》、《周易》这三种数，都是不过十的。在不同的故事章节中具体是用到哪一种数，可以观其故事情节、文字内容，再配合易理，推断下即能知晓。

如《西游记》第二十二回中，师徒过流沙河，按九宫排列，坐法船一只渡过流沙河。这里用到了九宫，那就是洛书数。《西游记》

里用到的洛书数，只用到九和五，而且频频用到九。如唐僧持九环锡杖，八戒拿九齿钉钯，悟净项戴九个骷髅，老君的仙丹是九转金丹。

而在第八回中，卷帘大将说自己打碎了琉璃盏，被玉帝打了八百，贬下界来。天蓬元帅说自己带酒戏弄嫦娥，被玉帝打了二千锤，贬下界来。白龙马说自己火烧殿上明珠，被玉帝吊在空中，打了三百，不日遭诛。这些用的就都是河图数了，八百、二千、三百无非是要突出八、二、三。那这里为什么是河图数，而不是周易先天数与洛书数呢？

试举一例，如天蓬元帅带酒戏弄嫦娥，被玉帝打了二千锤，贬下界来。二，周易先天数是配入兑，五行属金，兑是悦也、说也；二，洛书数配入坤，坤五行属土，代表柔、顺。这些显然与其情节内容，是没法搭边的。再看，二，河图数为火，火在人体里代表心，这一结合就能合上边了。心神被打二千锤，性乱心迷矣，岂有不被贬下界之理。

此外，在第十二回里，观音菩萨在长安街上卖袈裟、锡杖，两样要卖七千两。这里千万不能看成观音菩萨是在经商卖货。这里要体现的是七，用到的即是周易先天数了。七在周易先天卦数中配入艮卦，艮卦代表止。作者描述观音菩萨卖货，通过菩萨卖货的情节与银两数目来暗示我们：唯有止，才能戒定慧。可以说，不知道“止”是无从谈智慧的。人在一生中唯有知止，才能知进退；唯有知止，才能知利害。

让正念存心，妄念离心；该做的做，不该做的不做；就是知止，

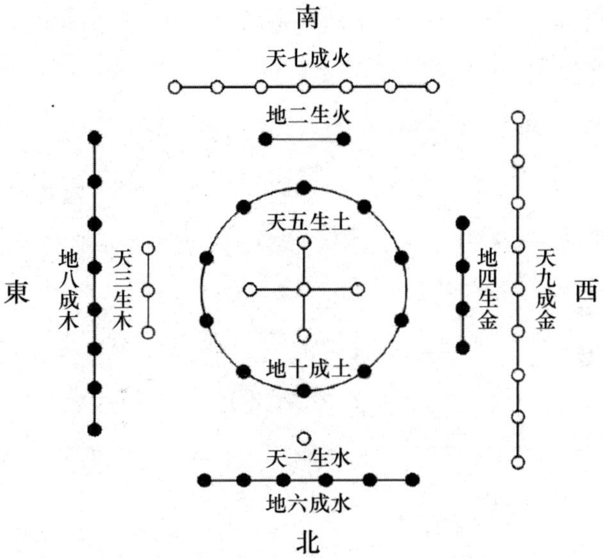

河图

知进知退，知利知害。知止就一切都是利，而远离害。反过来，不知止就是一切都是害，远离利。表现出来就是：该有的正念清净没有，不该有的妄念烦恼住心；该做的不去做，不该做的乱做。结果就是，给自己带来烦恼，甚至把自己推进火坑。《庄子·大宗师》讲："利害不通，非君子也。"

《大学》里说："知止而后有定，定而后能静，静而后能安，安而后能虑，虑而后能得。物有本末，事有始终，知所先后，则近道矣。"在《大学》里，止是第一步的、首要的功夫，没有这一步功夫，后面的功夫都无从谈起。止，儒释道三家都是把它当做首要功夫来做。

而七配河图数为火，火代表着心，配洛书数是兑，兑代表悦。这明显与其内容情节没法搭上边，总不能说是观音菩萨心动而爱经商吧。这显然是不合理的。故这里的袈裟锡杖七千两之七，用的是周易先天数，而非河图数与洛书数。

《西游记》里处处蕴藏着数字密码。如第十二回中，玄奘立誓去西天取经，回洪福寺对几个徒弟说："徒弟们，我去后，或三二年，或五七年，但看那山门里松枝头向东，我即回来，不然断不回矣。"这里是用到周易先天数来暗示玄机，不然怎能还没出发，就知道啥时间、啥情形回来？要是单从文字上来看，明显是不合乎逻辑的。因此，《西游记》真的绝非一本简简单单、哄小孩玩的小说。

再如第九十八回开头，师徒到了灵山脚下，金顶大仙来迎接师徒，说师徒十年到西天。而后面观音菩萨又说师徒是历经十四年到的西天。在第一百回里，师徒回到长安城，也说玄奘是十四年到的西天。这两个数字完全不同。想想作者总不会连十与十四都分不清楚吧？十年用的是河图数十，十四年用的就是天文星象数。

在第三回里，悟空到东海龙宫去向龙王要兵器，九股叉三千六百斤，方天戟七千二百斤，这些用的都是天文星象数，旨在阐述周天黄道三百六十度与一年的七十二候。另金箍棒一万三千五百斤，悟空魂字号一千三百五十号，两个数都运用了一三五，此处就是河图数了。《西游记》中所用之数甚多，这里也是抛砖引玉，因为不管其涉及多少数字，基本是不离开这四个原则的。

7. 孝为众本

《西游记》第一回中，猴王到西牛贺洲拜访神仙，听到樵夫唱歌，以为其是神仙。樵夫笑道："实不瞒你说，这个词名做《满庭芳》，乃一神仙教我的。那神仙与我舍下相邻，他教我遇烦恼时，即把这个词念念，散心解闷。我才有些不足处，故此念念，不期被你听了。"猴王道："你家即与神仙相邻，何不从他修行，学得个不老之方？"

樵夫道："我一生命苦，自从父亡，母亲居孀，只我一人，只得斫两束柴薪，挑向市廛，卖钱籴米，供养老母，所以不能修行。"猴王道："据你说起来，乃是一个行孝的君子，向后必有仙分。但求你指与我那神仙住处，却好拜访去也。"樵夫道："不远，不远。此山叫做灵台方寸山。山中有座斜月三星洞。那洞中有一个神仙，称名须菩提祖师。"

此处，悟空漂洋过海，寻仙访道，给悟空指路的樵夫是孝子。而三藏出发取经后，就遇猛虎、长蛇、毒虫、怪兽，救护三藏并给其引路的猎户，亦是孝子。

《西游记》中明示孝是我们一生当中做人的基石，亦是在明指儒道同源。孝为百善之先，孝为行仁之本。孝文化在我国传统文化当

孝为众本

中可谓举足轻重，仅次于忠。忠其实也可以看成是孝，是大孝！孝是对于生养我们的父母以及所有的长辈而言；忠则是对于国家而言，因为没有国何来家。几千年来，我们的传统文化里常常提到八个字：“国泰民安，风调雨顺。”这八个字太好了，只有国家安泰，我们个人的小家才能安泰，才能好好生活。

古代凡有大成就者、名垂青史者，其中不乏大孝子。上古时期的圣君舜，就是赫赫有名的大孝子。我们的儒家理学集大成者朱熹，也是大孝子。至圣孔夫子传给宗圣曾子的两部经中就有一部是《孝经》。可以说，孝文化是我们中华文化中非常重要的一部分。二十四孝当中，恣蚊饱血的主人公吴猛，就是晋代一位先在家行孝，后修道成就的人物。正是因为孝是众善之本、众行之本，故《西游记》将孝文化作为题材引入书中，直指修身之本、修身之基。基于孝文化举足轻重的作用，连外来的释家都深受其影响。释门本以弃人伦出家去修行，以便解脱烦恼、苦难为主旨。后面连释门都在引入孝文化，并宣传孝。从中就可以看到，在我们传统文化中，孝文化具有无穷的魅力。

8. 师徒一体

上面谈到师徒及白龙马乃是一体，但是《西游记》中又把四人及白龙马的故事情节，写得有模有样——各自不同、出生地不同、所拿兵器不同，这又似乎让人心存疑虑。其实，这是我们中华民族的一个文化特色。关于这个理论，儒家、医家、道家等等诸家，皆为宗之。这个理论极有可能出自《周易》，或与《周易》同源。这个理论就是天人合一，就是道之体："其大无外，其小无内，放之弥六合，卷之退藏于密。"这个"道"大到没有边际，小到没法形容；把它放开能包容整个宇宙，把它收拢回来，可以藏在最细密的地方，包括藏到我们心里。

《庄子·齐物论》中提到："天地与我并生，而万物与我为一。"这说明人与天地是相通的，与万物也是相通的。天地万物包括人，本来就是从同一个太极点出来的。因此，天地间不管万物及人的总数有多少，究其本源只是一个。亦可以说，再多的数，到最后就只有一个数。正因为是一个数，所以彼此可以来回互通，点与点、点与面皆能互通。现代科学的全息理论、克隆技术至少可以证明，个体的局部与其整体可以互通。一个生物细胞，可以克隆出另一个生物，并且与其原生物体长得一样。当然，天地万物及人是一体的理论，现在的科学仪器还证明不了，但天地人一体的“天人合一”理念，早在上古时期就已经存在了。

《西游记》全书也秉承了这一观点，师徒四人看似四人，但只是人格化、形象化的描述而已。比如，我们在生活中常常看到，一个人会有不同的状态，有双重性格、矛盾体甚至常常善变。前一分钟是这样，过一分钟是那样，转眼间判若两人。人的个性品德也会变化，变好变坏就如同一个人身上有几个人存在似的。我们如再去比对一下《黄帝内经》，相信大家就不会有疑惑了。

《黄帝内经·素问》第八篇《灵兰秘典论》中讲：“心者，君主之官，神明出焉。肺者，相傅之官，治节出焉。肝者，将军之官，谋虑出焉。胆者，中正之官，决断出焉。膻中者，臣使之官，喜乐出焉。脾胃者，仓廪之官，五味出焉。大肠者，传道之官，变化出焉。小肠者，受盛之官，化物出焉。肾者，作强之官，伎巧出焉。三焦者，决渎之官，水道出焉。膀胱者，州郡之官，津液藏焉，气化则能出矣。凡此十二官，不得相失也。故主明则下安，以此养生则寿，殁世不殆，以为天下则大昌；主不明则十二官危，使道闭塞而不通，形乃大伤，以此养生则殃，以为天下者，其宗大危，戒之戒之！”

这篇《灵兰秘典论》把五脏六腑人格形象化，然后形象化地显示其功能，并把其人格化分出主次，最后交待主明则大昌，主不明则危殆。心为君主，统领全局；十二官五脏六腑，虽是各自独立的脏腑个体，又各司其职，但终归心君统领，终归在一个身体之内。

《西游记》中，师徒四人及白龙马共五个，但终归围绕唐僧而动，唐僧是师父，是君主之官也！在《西游记》里，唐僧喻指我们的心，三徒与白龙马则代表着我们身体的其他重要部分。若单论个体，他们是五个独立的不同部分，如人身体里有心、肝、脾、肺、肾五个。但论其整体则只是一个身体，只是一个人。或者把师徒看成五个不同状态的一个人，如高兴的你、郁闷的你、智慧的你、能干的你、成功的你，也是可以的。

一个人的不同部分或其不同的状态，被形象化地写成五个人，这并不是《西游记》的独创。古人常常如此写作的，《庄子》一书就是如此。也就是说，只知师徒四人与白龙马共五个，是不全面的；只知师徒与白龙马是一个，也是不明确的。确切地说，在《西游记》里，师徒与白龙马既是五个人，又是一个人。

读者若觉得这种一笔双关的逻辑，一下子还不能理解的话，则可以暂时降一个层次，把书中描述师徒与白龙马五人的故事情节，都看成是作者通过对不同人物的表述，来向我们昭示修身之理，昭示修身回归天道之理。也就是说，先看师徒五人的故事寓意，而后归于一己修身之理。这样，先五后归一的思路厘清后，再去理解师徒与白龙马既是五人又是一人，就能入手了。

这种一笔双关的写作方式，《西游记》一书中很常见。不如此体会《西游记》，难免会陷入泥潭之中而难以自拔。通过《黄帝内经·素问》中的《灵兰秘典论》，也可以说明医家与道家本是一脉相承的，逻辑套路是一模一样的。照此《灵兰秘典论》往下延伸，就能通达道家身命功大了。《修真图》对此描述得很清晰。

9. 唐僧肉

《西游记》中，师徒历行十万八千里，经历九九八十一难，取经途中遇到各种妖怪，唐僧常常被抓去，而所有的妖精都惦念着唐僧肉。但为何唐僧一根头发都没有被吃过呢？书说唐僧乃是如来二徒弟金禅长老临凡，是十世修行的好人，一点元阳未泄，有人吃到他的肉，可以延寿长生。

《西游记》中的唐僧只会落难而不会有损伤，这其中有两层含义。首先唐僧喻指心，这个主题是不能变的。书中提到的妖怪即喻指我们内心的妄想、妄知、妄念、妄见。自己的妄想肯定会给自己带来烦恼、带来痛苦，但不能说自己内心的妄想把自己给吃掉了，基于这点，妖怪吃不到唐僧肉也就合乎情理了。

当然还有另一层意思，那就是警世哲学了。修身立己的功夫要彻底圆满成圣，不是一朝一夕的事，再戒定慧、再穷理尽性、再把握阴阳，都需要大毅力、大脚力、大恒心、大勇猛精进才能做得到。而妖怪妄想通过抓了唐僧，将其煮了或蒸了，吃其肉就得道延年、圆满成就，这世上哪有那么速成的功夫，哪来这等好事？所以妖怪始终没有得逞。唐僧代表心，修身是正其心，向内求道，自见本心，自见本性，而非心外求法。因此，师徒要齐心合力，历经千难万险才能取得真经。妖精妄想速成而吃唐僧肉，是从心外求道，著相颠倒，如此定是妄想路、不归路。故《西游记》里的妖精会被降服归正，放弃心外求道的妄路，回归向内求心的正路。如是不受降难免被杀，有时不但被杀而丢掉性命，甚至连宅舍住地都被烧个精光。这里的警世之意不能不慎啊！因此，我们修身做功夫，如是心外求道，爱求速成，不脚踏实地的做功夫，是很危险的。《西游记》中的妖怪就是我们的镜子。

记得我们小时候上街，爱吃街上的小吃，总觉得好吃。老北京人也说，原先的小吃好吃，现在再回到以前的街上，就不觉得以前好吃的东西很好吃了。在北京，现今也很少听到有人说老北京的小吃好吃了。有人说是你们活在以前的记忆里，或是以前的东西少，现在的东西多，可能吃腻了吧。说的好像有道理，但细想一下也不尽然。以前做东西全讲究天然，全讲究慢工出细活，全讲究手工；现在做东西都讲究速成，都讲究机械化，都讲究效率。想想在这种情况下，人的心态一样吗？发心一样吗？肯定是不一样的！世间里连一技一艺都讲发心、讲心态、讲慢工细琢，更何况修身呢？修身是心内求法，而非心外求道。我们在生活中处事待人也是如此，讲良心、讲诚信、讲道德，凡事都得有底线，眼光要远，路要走宽，这就是《西游记》的警世哲学，真知灼见也！

10. 天道循环

《西游记》中也有些章节是讲仙、佛、菩萨降祸人间，看似仙、佛、菩萨小气，与人计较。其实不然，书中是借人格化、形象化、故事化来阐述天道的平衡法则及生杀规律。关于这一点，不但儒释道三家注重，其他的诸子百家都很注重，只是用词不同而已。《周易·文言传·坤》记载："积善之家，必有余庆；积不善之家，必有余殃。"《尚书·汤诰》亦言："天道福善祸淫。"这些都是在言天道的循环平衡规律。《西游记》里的仙、佛、菩萨都喻指着正能量，喻指着天道无私之公正，而并非简简单单的人物。

如第六十九至七十一回，朱紫国国王值端阳节，与嫔后在御花园海榴亭下解粽饮酒，看斗龙舟。忽然一阵风至，半空中现出一个妖精，自称赛太岁，访得其金圣宫生得美貌娇姿，将其捉走做夫人。国王惊吓得又忧，又思，又不息，因此成疾，后得悟空治愈，降伏妖怪，救回金圣宫。正当悟空降伏妖怪时，观音菩萨现身对悟空道："他是我跨下的一个金毛犼。因牧童盹睡，失于防守，这孽畜咬断索子走来，却与朱紫国王消灾也。"行者道："菩萨反说了，他在这里欺君骗后，与那国王生灾，却说是消灾，何也？"菩萨道："你不知之。当时朱紫国先王在位之时，这个王还做东宫太子。他幼年间，极好射猎，率领人马，纵放鹰犬，正来到落凤坡前，有西方佛母孔雀大明王菩萨所生二子，乃雌雄二个雀雏，停翅在山坡之下，被此王弓开处，射伤了雄孔雀，那雌孔雀也带箭西归。佛母吩咐，教他拆凤三年，身耽啾疾。那时节我跨着这犼同听此言，不期这孽畜留心，故来骗了皇后，与王消灾。至今三年，冤愆满足，幸你来救治王患，我特来收妖邪也。”

故事情节描写得非常清楚，国王年轻时好射杀，才遭来身染疾病，拆凤三年。自己吃的苦果是年轻时种的因，等果报后又恢复正常。老百姓讲：种瓜得瓜，种豆得斗。不可能种瓜长出来豆，种豆却长出来瓜。这就是天道循环，也可以说是行因必果。

知天道循环，我们做事时就会更加清晰地取舍利弊。人世间的天道循环规律，我们都能看见。今天你对别人好，帮助别人；将来别人也会对你好，帮助你。今天你对别人恶，难保将来给自己种下祸根，故亚圣孟子言：“君子莫大乎与人为善。”

但也要注意，在生活中，不能连一点鸡毛蒜皮的事都要时时刻刻去说个行因必果，那样就太过极端、太过宗教了，会让人受不了的。如吃饭睡觉、锄农田杂草、除庄稼害虫，都要时刻去讲个因果，那可以说我们连喝个水、上个厕所都是在杀生，都是在造业！那样的话，我们干脆就不用活了。可不用活了也是自杀杀生啊，也是在造业啊，总之怎么做都不对。

再如，当警察遇到穷凶极恶的歹徒时，不能不杀生，而把脖子伸去给歹徒砍吧。又如国家遭受外敌入侵时，也说不杀生要吃素，都空着手不带武器，去游说侵略者放下屠刀吧！若那样就真是愚昧至极了，而不是懂得天道循环了。所以，要处中道才是。

关于天道循环规律，基本上各个宗派或各个宗教都在讲，区别只在于表达方式或表达术语不同而已。各个宗派、各个宗教都在引导人们向善，这是件非常好的事。但是有一点也得提示一下：在生活中，不管你信奉了哪个宗教，让自己有个精神慰藉，是件很好的事。但是不管自己信奉了哪个宗教，都要知道一点：不能忘却自己的祖先！不能忘却自己民族的传统！不能忘却自己民族的文化精神！不要因为信奉宗教，而泯灭了自己民族的血性。而且，信奉宗教要正信，不要迷信，同时也不可极端，不可太过，适当最好，太过难免会堕入怪力乱神之流！历史上，太过崇尚宗教而间接导致国破家亡、生灵涂炭的悲剧，真是太多了，如南北朝的梁、魏，以及西夏、大理、宋朝等等均是如此。

11. 妙义提纲

《西游记》每回妙义，常常在开篇二句提纲上，提纲之紧要处，往往在一二字当中。有时候作者唯恐读者误读，还在每回开头、中间加上诗句来补充一下。如第一回“灵根育孕源流出，心性修持大道生”，灵根是上一句的关键，心性是下一句的关键。很明显，灵根是灵根，心性是心性。这是指出修正心性，可以得到灵根，不是指心性是灵根，不可错读。心性是理，灵根是先天之元气，是天地万物之本。《春秋·公羊传》曰："元者，气也。无形以起，有形以分，造起天地，天地之始也。"

人心穷理尽性后，可以招摄回先天元气，可以养此元气。《孟子·公孙丑上》中就有谈此养气的。《庄子·养生主》对此也有论述。在第一回的提纲下，作者还配了一首诗来明证，非常直白，非常清亮！诗曰："混沌未分天地乱，茫茫渺渺无人见。自从盘古破鸿蒙，开辟从兹清浊辨。覆载群生仰至仁，发明万物皆成善。欲知造化会元功，须看西游释厄传。"

混沌是宇宙的本源！混沌开辟分出清浊，开辟是先天元气动，清浊是分出阴阳二气。二气生，天地分；天地分，随后有了万物及人。混沌之气是先天之元气，是天地之本！我们人身修持心性，可以把握二气阴阳，招摄先天元气。先天元气回归身体，就是得到灵根了，灵根一得，大道永得。心性修持，大道生，这里的大道就包含灵根了。第一回的提纲里，作者就直指修身立命之法诀。这一法决就是孟子所言养天地浩然正气之诀，也是道家秘传的炼气法决。

再如第二回提纲："悟彻菩提真妙理，断魔归本合元神。"悟彻是上句关键，断魔是下句关键。先悟后行，悟后通行，行以验悟，方能断魔。要归本合元神，先要悟彻菩提。悟彻是穷理、明理。菩提，释家称为觉悟。拿孟子的话来说，就是知性。对于元神，《周易·文言传·乾》曰："元者，善之长也。乾元者，始而亨者也。"因此"元"有最开始、最善之意。元神是道家的专业术语，指最本源、最善的心，也就是清净、无污染的心。元神，按儒家理学来讲，就是极本穷源的天命之性；按释家来讲，可称为如来藏、真如、本来面目等等。释家在这方面的词比较多，“断魔归本合元神”，就如释家唯识所讲的转识成智。这一小句提纲诗，可以说是融合了释道两家的思想而作。《西游记》全书千言万语，变化离合，总不外出提纲妙义，回回如此。

12. 妖怪洞府

《西游记》中，悟空一旦降服妖怪，杀掉妖怪，常常会连妖怪洞府都一起烧了。如第八十六回中，八戒捡柴，悟空点火，八戒两耳扇风烧尽小妖，连洞府也烧得精光。八戒又提钯筑死老妖，是只艾叶花皮豹子精。《西游记》中，这类情节有不少，从开头到最后均是如此。妖怪杀去，喻指除去妄念妄想，烦恼妄想一去，内心即得清净，连洞府都要烧干净，是提示修身做功夫要破相，要破一切相！不破相人难免会陷入执著，而不能解脱烦恼。烦恼妄想已去，连去烦恼的清净心都要抛弃，不然到了最后，去烦恼的清净心，反而会成了灰尘，成了障碍了。

如禅宗神秀所作之偈：“身是菩提树，心如明镜台。时时常拂拭，莫使惹尘埃。”而禅宗慧能所作之偈：“菩提本无树，明镜亦非台。本来无一物，何处惹尘埃。”慧能比神秀更胜一筹，在于神秀还有除烦恼的清净心，而慧能是烦恼与清净心都破尽了。《西游记》中降妖怪，烧洞府正是出于此意。

13. 守诚之道

渔翁张稍语樵子李定，打渔皆让先生袖占之课，依其方位，百下百着，其语让泾河水府的巡水夜叉听到后报告龙王，龙王即登岸，摇身一变，变作一个白衣秀士，径到长安城西门大街上寻得那先生。先生乃是当朝钦天监台正先生袁天罡的叔父，袁守诚是也。龙王请先生卜天上阴晴事如何？

先生即袖占一课，断曰："云迷山顶，雾罩林梢。若占雨泽，准在明朝。"龙王曰："明日甚时下雨？雨有多少尺寸？"先生道："明日辰时布云，巳时发雷，午时下雨，未时雨足，共得水三尺三寸零四十八点"。龙王笑曰："此言不可作戏。如若明日有雨，依你断的时辰、数目，我送课金五十两奉谢。若无雨，或不按时辰、数目，我与你实说：定要打坏你的门面，扯碎你的招牌，即时赶出长安，不许在此惑众！"

龙王说完，先生欣然应允。

龙王辞回水府，将此事告与与众水族。众水族笑曰："大王是八河都总管，司雨大龙神，有雨无雨，惟大王知之，他怎敢这等胡言？那卖卜的定是输了！"

正尔笑谈未毕，只听得半空中叫："泾河龙王接旨。"众抬头上看，是一个金衣力士，手擎玉帝敕旨，径投水府而来。慌得龙王整衣端肃，焚香接了旨。

玉帝敕旨明日降雨长安城，降雨的时辰、数目，与那先生所断毫发不差，唬得那龙王魂飞魄散。龙王为赢那先生，听受鲥军师建议，私改下雨时辰与点数，犯了天条，再来寻守城先生指点。先生虽为其指路，但终是难脱杀身之祸。

这一章是在发微儒家的中庸之道，不是单纯的卜卦先生与龙王对话。唐朝时期，周易高手多出，为何不是大名鼎鼎的袁天罡或李淳风，而是先生袁守诚呢？玄机就在于先生名守诚，何谓守诚？存诚笃志谓之守诚！

《中庸》曰："自诚明，谓之性。自明诚，谓之教。诚则明矣，明则诚矣。"

"唯天下至诚，为能尽其性。能尽其性，则能尽人之性。能尽人之性，则能尽物之性。能尽物之性，则可以赞天地之化育。可以赞天地之化育，则可以与天地参矣。"

"至诚之道，可以前知。国家将兴，必有祯祥。国家将亡，必有妖孽。见乎蓍龟，动乎四体。祸福将至，善，必先知之；不善，必先知之。故至诚如神。"

看看《中庸》再对比一下，这段章节就能看出端倪。人心能守得到"诚"，是自明诚而到自诚明，继而达到至诚，至诚如神！因此，知道上天要下雨的时辰、雨点数目就没啥奇怪的了。甚至龙王私改雨点数与时辰，将会在明日午时三刻被诛，谁来诛之，怎么解救皆知，作者在这里只是人格化、故事化地来说明至诚之道，以及达到至诚之道。《周易·文言传·乾》中说："夫大人者，与天地合其德，与日月合其明，与四时合其序，与鬼神合其凶吉。"

达到至诚之道，其言就是天地之言，其心即天地之心。达此至诚之道，唯有成就圆满的圣人方可。《西游记》中，龙王被守诚先生指点后，还是不能免殃，是因龙王私改下雨点数与时辰，已然违背天道，失了中庸之道，再来寻守诚而非自身守诚。龙王未能做到笃志守诚，又早已违背天道，因此不能免凶。龙王只是不守诚之标签，守诚先生是自诚明之标签。降雨点数、降雨时辰乃是天地自然而然之造化，在这里表示天地自然之理。

修身就是顺应天道，找回自己的本源，守诚就能找到自己的本源。这个本源可以叫本来面目，可以叫道心，可以叫天命之性。西方的先哲苏格拉底有句名言也与此相似，即"认识你自己"。"认识你自己"，拿我们的传统文化来讲，就是守诚之道！《中庸》上说："诚者，不勉而中，不思而得，从容中道，圣人也。"

14. 取经路程与目的地

师徒历经十万八千里，九九八十一难，才到灵山雷音寺取得真经。取经过程其实就是修身立己的过程。为何取经要经历那么久？经历那么多难？修身立己是要修正身心、解脱烦恼。修身不仅要出世，更要入世。入世的难度，远比出世要难百千倍！这点不可不知。没有污泥，是长不出圣洁的莲花的，没有污泥何来莲花。故取经前是出世，取经过程是入世，到达雷音是出世入世两无碍！

师徒取经的目的地，是西天灵山雷音寺，雷音寺山脚下居然还有个玉真观，而且上雷音寺还必经玉真观门庭！这样的场景肯定不在天竺啊！释迦摩尼所在地可没个雷音寺，那灵山雷音寺到底在哪？灵山雷音寺其实就在我们每一个人心中！

《西游记》第八十五回中行者道："佛在灵山莫远求，灵山只在汝心头。人人有个灵山塔，好向灵山塔下修。"这里说得很明显，佛与灵山就在我们每个人的心里，并不在外面。佛与灵山，就是我们的本心本性。因此，我们无需到处跪求，只要守好我们的本心，守好我们的本性，就是真经，就是大道。《中庸》上讲至诚如神，即是此。

禅宗弘忍教导慧能："不识本心，学法无益。"慧能开悟后也说："佛在性中作，莫向身外求。本性是佛，离性无别佛。"识本心要心内求法，而不是身外求道。因此，无需天天放个经乐，磕几个头，唱几首歌，抄下经书，念念经书，就妄想增加功德，就妄想功夫精进。

功夫需要脚踏实地，实实在在去做。功夫不在于口念，而在于心行。故慧能曰："口念心不行，如幻如化，如露如电。"真功夫不在于著相，不在于身外求道。不识本心，难到灵山雷音。

15. 正本清源

《西游记》中有不少篇节都是在讲矫枉过正，正本清源。针对儒释道三家存在的一些枉象，作者做了一些梳理。任何一家法运鼎盛时，高手人才辈出，正法行！法运一衰，难免歪理横行！这一点上，哪家都一样，东方、西方都一样，谁也不要去笑话谁。天道就是如此，太阳不会永远只照你一家，别家就没有太阳了。

《西游记》中针对道家的外丹炉火、吐纳导引、阴阳丹法做了一些阐述；针对释家的参话头、棒喝、公案、形式供养做了一些阐述；针对儒家过于重礼数、过于富贵伦常做了一些阐述。作者并不是在批三教圣人，而是看到三教中有些枉象早已背离圣人本心，唯恐后人继续迷失，才做了一些梳理，希望以此正本清源。慈悲怜悯之心，不可不查。作者完全摒弃门户之见，畅言众生平等、众家同真，并且博采众家之长，心胸广大，真“天行健，君子自强以不息，地势坤，君子厚德以载物”。这样的胸怀也是我们每一个国人应当学习与借鉴的地方。

师徒四人过了黑水河，忽听到一声“吆喝”惊动师徒四人。行者纵到空中看见城门外，有一块沙滩空地，攒簇了许多和尚，在那里扯车儿哩！原来是一齐着力打号，齐喊大力王菩萨，所以惊动了师徒四人。

行者按下云头来看处，那车子装的都是砖瓦木植之类；滩头上坡坂最高，又有一道夹脊小路，两座大关；关下之路，都是直立壁陡之崖，那车儿怎么拽得上去？虽是天色和暖，那些人却也衣衫蓝缕，看此象十分窘迫。行者心疑为探究竟，到那城脚下摇身一变，变做个游方的云水全真，询问道士方知，这城中，且休说文武官员，富民长者，头一等就是万岁君王好道。

行者又请问详细，道士道："此城名唤车迟国，宝殿上君王与我们有亲。"行者呵呵笑道："想是道士做了皇帝。"他道："不是。只因这二十年前，民遭亢旱，不论君臣黎庶，人人沐浴焚香，拜天求雨。正都在倒悬之处，忽然天降下三个仙长来，俯救生灵。"行者问道："是那三个仙长？"道士道；"便是我家师父。大师父号做虎力大仙，二师父鹿力大仙，三师父羊力大仙。"行者问道："三位尊师有多少法力？"道士道："我那师父呼风唤雨，只在翻掌之间；点石成金，却如转身之易。所以君臣相敬，与我们结为亲也。"

后行者走到沙滩上询问和尚，得知实情后，继而打死道士，使个神通将车儿拽过两关，穿过夹脊，提起来摔得粉碎，把那些砖瓦木植尽抛下坡坂，喝叫："众僧且散，莫在我手脚边，等我明日见这国王，灭却道士。"

这里是让大家警戒不正之三车。道家讲人身有三车：小河车、大河车、紫河车。后来引入了释家《法华》的三车名称。故《修真图》里面的三车名称是：羊车、鹿车、牛车。这里三仙长之名——虎力、鹿力、羊力，是三车名称一名不同，喻示旁门不正。加上国名车迟国，亦有暗示河车迟滞之义。河车有三关，初关尾闾关、中关夹脊关、上关玉枕关，这三关在人体督脉上，要想打通任督二脉，需先打通此三关。

《庄子·养生主》早已记载："缘督以为经，可以保身，可以全生，可以养亲，可以尽年。"《庄子》中的描述很有诱惑力，打通任督二脉可以保身，可以全生。后世的道家，基本上都是这个路线。但是真正的河车是清净无为，息息自然有根蒂，随气运转，天运自然盘旋，真气自然生发，自然而然打通的。

这里道士监工五百和尚扯车，车上载的却是砖瓦木植之类，暗示此车载的不是真气，是人心妄念催动的有为之气，是妄想，而不是真道。众僧齐推扯车，想过夹脊小路的两座大关，寓意人心有为，妄想催动气机，过尾闾关、夹脊关。故而关下的路都是直立壁陡之崖，这么做相当于自己走在危险的悬崖上。因此行者打摔车儿，将砖瓦木植抛下坡坂，扬言灭却道士，就是寓意这种动心用意、催动身内气机的行为，不是正路，应当摒弃。灭却道士，即是摒弃此类行径。

这里为道门正本清源！有为心搬运精气，妄想凝结体内精血为内丹；有为心去烧丹炼汞，点石成金，妄想凝结外丹。这些做法不得真诀的话，往往会出事故。凝结精血，很容易造成身体内部走火，火毒攻身；服用外丹，往往因铅汞中毒而亡。历史上这类事故出过不少，皇帝、大臣被毒死的有很多。作者在这里为道门正本清源，驳斥不科学的内丹与烧炼铅汞，非是将其全盘否定，这一点要注意！真正的外丹烧炼虽然不是至道，但也曾为祖国的科学事业、中医事业立下过汗马功劳，可以说是现代物理化学的鼻祖，只是如今的中医对此很少提及而已。

现代科学对物质的提炼、粹取合成，古代外丹烧炼早已有之。国人在世界历史上引以自豪的四大发明，有三大发明就是古代道家在外丹烧炼过程中发明的。这三样分别是火药、指南针、印刷术。古代的点石成金，类似现在的合金、镀金术。现在中医用的药方包括药性，有不少是古代烧炼炉火、烧丹炼汞研究出来的。还有很多，这里就不一一列举了。另外，此回的故事情节还揭示了另一层含义，即警示修身做功夫，不能盲目追求法术，盲目炫耀神通，免得让自己栽跟头，一不小心甚至会毁掉自己的前程。这点不得不慎！

师徒西行到小雷音寺，只听得山门里有人叫道："唐僧，你自东土来拜见我佛，怎么还这等怠慢？"三藏闻言，即便下拜，八戒也磕头，沙僧也跪倒；惟大圣牵马收拾行李在后。方入到二层门内，就见如来大殿。殿门外宝台之下，摆列着五百罗汉、三千揭谛、四金刚、八菩萨、比丘尼、优婆塞、无数的圣僧道者。真个也香花艳丽，瑞气缤纷。慌得那长老与八戒、沙僧一步一拜，拜上灵台之间。行者公然不拜。又闻得莲台座上厉声高叫道："那孙悟空，见如来怎么不拜？"行者仔细观看，见得是假，遂丢了马匹行囊，掣捧在手，喝道："你这伙业畜，十分胆大！怎么假倚佛名，败坏如来清德！”双手轮棒，上前便打。

只听得半空中“叮当”一声，撇下一付金铙，把行者连头带足合在金铙之内。慌得个八戒、沙僧连忙使起钯、杖，就被些阿罗、揭谛、圣僧、道者一拥近前围绕。他两个措手不及，尽被拿了。将三藏捉住，一齐都绳穿索绑，紧缚牢拴。原来那莲花座上装佛祖者，乃是个妖王；众阿罗等，都是些小怪。遂收了佛象，依然现出妖身，将三众抬入后边收藏，把行者合在金铙之中，搁在宝台之上，限三昼夜化做了脓水，才蒸他三个受用。这正是：

碧眼童儿识假真，黄婆木母共昏沉。

果然道小魔头大，错入旁门枉费心。

这一篇是为释家正本清源的！悟空喝道：“你这伙业畜，十分胆大，怎么假倚佛名，败坏如来清德。”后世假倚释迦牟尼道场，假倚其衣服，假倚其名声，假倚其言语，假倚其相貌，自误误人，败坏如来清德的，不单单是黄眉怪。真要数，那真是太多了，数都数不过来了。

黄眉妖王是弥勒佛祖前司磬的一个黄眉童儿，是释家门中值殿看场的，最终由弥勒佛祖来降。弥勒佛祖书“禁”字于悟空手，引来妖王受降，喻示此类假释乱像要禁止，等到弥勒佛祖来即禁止，收此乱像。要理解这一段玄机，我们无须过于宗教，认为弥勒佛祖住在兜率宫，还得经过多少劫才下得来我们这个娑婆世界，那样理解就偏离作者本意了。

《西游记》中极重破相，所引用之核心内容，都是毫无宗教色彩的。书中多次称佛，就是我们的真心，就是我们的自性。这里可以理解为：证悟自性之人，就能破此黄眉怪假佛乱像。亦可理解为：我们要破此金铙，破此修身境界之障碍，破此黄眉怪假佛乱像，需自求于我们内心的自性。

可见学禅也没那么容易，一不小心就会理解错。禅宗自五宗七派后，兴起了各种形式的参禅：公案、禅关、机锋、参话头、棒喝、骂人、糊饼、吃茶等等。这让真正的禅宗，从此走向了没落。很多人为参一语，提一字，浪费数十年功夫，或是偶尔一悟，便认为了却大事，为此困惑一生，还以为见性成就了。如此做功夫真是磨砖作镜，积雪为粮，到老无成矣。

如果释家禅法真如此轻而易举，那怎么能是甚深微妙法？当时，很多人莫名其妙被骂一通，或是莫名其妙被打得头破血流。到现今都还能见到此类风气，师傅莫名其妙把弟子骂一通，弟子还得开开心心地听着，认为师傅是在帮弟子消业增慧。

再如一些贬低儒道二家圣贤的公案也是，到现在这些贬低儒道二家圣贤的故事还被津津乐道、以讹传讹！如李泌吃懒残和尚鼻涕并被其指点，吕洞宾被黄龙禅师修理度化，王阳明是和尚转世等等诸类。这些故事一没有史实依据，二是其所谓的故事情节，只要我们愿意动下脑子，就会发现疑点多多，破绽明显。

以李泌为例，运筹帷幄、指点江山本来就是道家的专业，而非释家的本业。李泌七岁时，唐玄宗即已惊为神童。李泌去找懒残和尚指点迷津，无异于是在说，道士去找和尚问卜！这个玩笑就开得太大了，只要稍微有点常识的人，都会知道这是不靠谱的事。历史上，每当天下大乱时，出来运筹帷幄、指点江山的均是道家之人，从来没有一次天下大乱时，是和尚出来担任军师的。史实也确实如此，就算你不接受那也是事实。当然，如果那个故事是在说，李泌敬重释家，乐闻禅法，那倒是件靠谱的事。可见那个故事编得有多滑稽。另外两则故事，比李泌这则故事更加滑稽，但就这样还一堆人跟风。可见读古人的书，一定要眼明，不要眼都没看清楚，脑子都不愿意动，张口就将一碗脑残粉咽下肚。

任何一家宗派，法运都会有兴衰起落。各家轮流坐庄，轮流出现人才，自然而然。但凡以贬低别人来抬高自己家门的，都是不可取的，都是无知不自信的行为。以此行径求闻“如来”，岂有不被金铙盖住，岂有不被化成脓水，岂有不被“妖怪”捉走之理。在此也得声明一点，像此类编故事来贬低他家门庭的，儒释道三家中的一些无知之徒，均有为之，区别只在或多或少而已。这类问题在西方的宗派门庭内也有发生。

《西游记》中并非是要彻底否定参禅，而是提示各种参禅形式只是调料，不是主食，切不可把调料当成主食。如禅宗弘忍传法慧能时，说到“应无所住而生其心”，慧能听到这一句便言下大悟。我们不能光看这一段，以为禅宗就是厉害，听句话都能成就，得想想慧能做了多少功课，才能听懂这一句。而且，释家自东汉永平十年传入至今已近两千年，慧能就出现了一个，居然还是个文盲，确实不禁让人赞叹禅法奥妙无穷啊！当然有一点也得指出，禅宗自慧能以后就属于本土禅了，自慧能始禅宗实际就是释禅与老庄携手联姻了。

这样的融合使禅宗将释家禅法引向了前所未有之高度。

慧能确实是释门禅法之巨匠，即便如此，其顿悟后也得在猎人堆中隐了十五载，做了十五载功夫，才出来弘法。可见哪有那么容易，哪么速成的事。从东土禅宗创立者达摩到慧能都是不搞公案的，不搞参话头、禅关机锋的，不搞拿棍棒、糊饼、吃茶等等诸类的。慧能的座佑铭是："吾宗以无念为宗，无相为体，无住为本。"《西游记》全书所引用的禅理，与慧能之语细毫无差。

师徒到寇员外家，此间离灵山只有八百里，寇员外发愿要供养一万僧人。家门前都立"万僧不阻"之牌，已斋过九千九百九十六众，独少四众。盛情款待师徒半月，又开启佛事做圆满道场，唐僧着急西行，员外见他师徒们生恼，再也不敢苦留，遂出了经堂，做了安排准备送行师徒。

第二日员外请来左邻右舍，亲戚朋友，一齐都向长老礼拜。拜毕叙坐，只见堂下鼓瑟吹笙，堂上弦歌酒宴，这一席盛宴，果不比泛常。长老领罢，谢了员外，和众人一同出门。那门外摆列着彩旗宝盖，鼓手乐人，两班僧道。众等让长老四众前行。只闻得鼓乐喧天，旗旛蔽日，人群凑集，车马骈填，都来看寇员外送行唐僧。这一场富贵，真赛过珠围翠绕，诚不亚锦绣藏春！那一班僧，打一套佛曲，那一班道，吹一道玄音，俱送出府城门外。

寇员外如此大张旗鼓，送行师徒，终引来强盗劫财害其命，众贼得了手，—越城而出，冒着雨，连夜奔西而去。

那寇家僮仆见贼退了，方才出头。及看时，老员外已死在地下，放声哭道："天呀！主人公已打死了！"众皆伏尸而哭，悲悲啼啼。将四更时，那妈妈想，恨唐僧等不受他的斋供，因为花扑扑的送他，惹出这场灾祸，便生妒害之心，欲陷他四众。

这篇是为儒家正本清源的，另外驳斥了一些不正的供养风气。寇员外不惧三徒丑陋，盛情款待师徒，并且全家都出来礼拜师徒。其处处作礼、讲礼，送行师徒时礼仪隆重，又声泪俱下，不可不谓之义。但最终却遭来杀身之祸，连原本重礼的妻儿，也生妒害之心，嫁祸师徒，可谓不义。此时原本的礼义，早已抛至脑后。此徒具外表之礼义，非是圣人心传，俨然偏离圣人之旨！我们可以把这种表面礼义，看成是形式主义，是偶像派，不是实力派。

真正的礼义是植根于内心，非只停留在表面的浮华。没有深入内心的实证，是经不起实践检验的，因此原本重礼义的妻儿会翻脸栽赃陷害师徒。他们并没有认真思考，灾祸是他们自己招来的，是自己的不正之礼、不正之义招来的。

我们看下《传习录》里儒家心学大成者王阳明是怎么论述礼的："'礼'字即是理字，理字发见，可见者谓之文，文之隐微，不可见者谓之理；只是一物，约礼只是要此心，纯是一个天理。"

再看看《中庸》如何说义："义者，宜也。"就是生活中遇事处事，都能处理得恰如其宜，哪里都处理得刚刚好。这个处事境界说起来容易，真要做起来可是太难了，没有明明德，没有明心见性，是万万做不到的。寇员外在送师徒时虽善虽义，但没有真正做到恰如其宜，没有真正做到义，才会给自己招来祸患。

再说到供养之风，并非说不能供养，不能尊重地供养。我们可以去看下释家经典《金刚》，看看里面所记载的供养："世尊食时，著衣持钵，入舍卫大城乞食。"看看释迦摩尼他老人家，当年可是自己持钵乞食，且是三衣一钵，日中一食，树下一宿。对比一下现今，真是让人汗颜！当然也有奢侈行为，供养他老人家的。释迦摩尼讲经的地方，舍卫城祇树给孤独园，就是给孤独长者向太子买园，用黄金为砖，布满园地，最后感动太子，一起请释迦摩尼来讲法。

我们中国也有这类风俗，仿佛礼越重，才显得诚心越重。但是不可一概而论。礼再重，也要恰如其宜，而且受礼者也要检查一下自己当不当受。如真当受则可受之！释迦牟尼已然成就圆满，其智慧无量，受人尊重无可非议。但后世真释家已经越来越少，败坏如来清德的倒是不少。诸如供养师傅就是消业，就是增加福报。更有甚者，供养时还要双脚跪地，双手举钱，师傅才笑纳。诸如此类事情，真是让人无语。《西游记》中正本清源、矫枉过正的章节还有不少，大家认真品味即能知晓。

16. 身心性命

《西游记》从开篇第一回到最后，始终贯穿着释厄主线，贯穿着身心性命主线。这一点从全书第一回的提纲诗句，到第一百回师徒得正果后的诗句里，都体现得淋漓尽致。身心性命是指我们人身的心性与身命。心性、身命是我们人身的两大部分，两大必做功夫的部分。心性功夫就是修身立己的功夫，身命功夫就是立命安命的功夫。一般而言，先要在世间修身炼性，心性功夫有所成就后，才会去入手做身命功夫，最后身心性命俱了，方是圆满。

关于心性功夫，儒家通过入世，格物致知来入手；释家通过出世，修证止、观、禅来入手；道家方法较多，但终归是介于出世入世之间，来修证道、法、术入手的。儒家在入世伦理及心性入世功夫方面论述详尽，关于身命功夫，孟子以后基本很少言及。释家在出世、心性禅定功夫方面论述极详尽，身命之功释门显宗很少谈论，密宗则有论及。但关于入世功夫，释门整体而言亦极少涉及。道家则是涉及面太多，入世功夫涉及面广博，身命功夫亦论述详尽，心性功夫所言则极为精简。

总之，三家各有优胜处，彼此都在互相吸收互相学习。三家也有过互相不和，互相攻击，如释道两家说儒家是名利鬼，儒家笑释道两家是异端，释家指道家是守尸鬼，道家斥释家坐枯禅。《西游记》中一再畅谈三家同真。生活中，再好的一帖膏药，也不能是万能贴，能包治百病。这也是《西游记》作者华阳洞天主人高妙绝妙之处。好的不管是哪家的，能采纳就吸收，不好的统统摒弃。毛主席也教育我们：学习是取其精华，去其糟粕。

《西游记》就是如此，集采各家之长。释厄不单纯是明心见性，还应身命精气冲和，身心性命兼修方为大道。身体虽然是臭皮囊，但如果修身立己一辈子，最后居然是疾病缠身，病夭而死，那也确实是一件很可悲的事。孟子言："修身要先尽其心，知其性；而后存其心，养其性。"又言：要"养浩然之气"。因此，修身要先尽心才能安身，身安方能立命，最后身心性命都要圆满。身心性命功夫，儒家称之为修身立命，道家称之为性命双修，释家则称之为显密双修。

身心性命兼顾的理念，早在《黄帝内经·素问·上古天真论篇》就见端倪了。如其中记载岐伯曰："上古之人，其知道者，法于阴阳，和于术数，食饮有节，起居有常，不妄作劳，故能形与神俱，而尽终其天年，度百岁乃去。今时之人不然也，以酒为浆，以妄为常，醉以入房，以欲竭其精，以耗散其真，不知持满，不时御神，务快其心，逆于生乐，起居无节，故半百而衰也。"

"夫上古圣人之教下也，皆谓之：虚邪贼风，避之有时，恬淡虚无，真气从之，精神内守，病安从来。是以志闲而少欲，心安而不惧，形劳而不倦，气从以顺，各从其欲，皆得所愿。故美其食，任其服，乐其俗，高下不相慕，其民故曰朴。是以嗜欲不能劳其目，淫邪不能惑其心，愚、智、贤、不肖、不惧于物，故合于道。所以能年皆度百岁，而动作不衰者，以其德全不危也。"

就是说，上古时候的人知道运用天之道，能够法于天地阴阳自然之理，合乎天地法度，顺天时而行，不合天时的不为之，因此都是活到天年，活过百岁。现代的人全然不知养生之道，所做所为都是透支身体"信用卡"的事，故半百而衰。上古的圣人，教导人时，用我们现在的话讲就是：用出世的心态，去做入世的事。对于任何外物、外相、荣华富贵等等都不执著，凡事自然而然，真的是无念、无相、无住，凡事皆合天道，并且身体真气从之，精神内守。所有的人不但心灵解脱，而且身体强健，即便过百岁了，也是形体未老，肢体灵活。如此真是德全不危也。

再如其中记载黄帝曰："余闻上古有真人者，提挈天地，把握阴阳，呼吸精气，独立守神，肌肉若一，故能寿敝天地，无有终时，此其道生。中古之时，有至人者，淳德全道，和于阴阳，调于四时，去世离俗，积精全神，游行天地之间，视听八达之外，此盖益其寿命而强者也，亦归于真人。其次有圣人者，处天地之和，从八风之理，适嗜欲于世俗之间。无恚嗔之心，行不欲离于世，被服章，举不欲观于俗，外不劳形于事，内无思想之患，以恬愉为务，以自得为功，形体不敝，精神不散，亦可以百数。其次有贤人者，法则天地，象似日月，辩列星辰，逆从阴阳，分别四时，将从上古合同于道，亦可使益寿而有极时。"

这里所说的四种人，就是后世道家神仙之学的模板，就是《西游记》这本书身心性命双修的模板。只是《西游记》比《黄帝内经》晚几千年，时代不同，所以《西游记》作者著书时，援入了一些释家禅理。但理无二致，上古真人就是《庄子·逍遥游》中所记载的，藐姑射山神人。这种境界我们不敢想象，真没法评价，说出来也没人信。

至于中古至人的那种境界，我们可以借用释门的理论来形容一下，就是六通俱足，显密双修双成就的高手。后世儒家的修身立命功夫，道家的性命双修，包括《西游记》中涉及的丹道性命功夫，实源于上古时期。《黄帝内经·素问·上古天真论篇》就是明显的佐证。同时也说明，上古时期，儒道二家就是一家，均是源自黄老。当然源自黄老不但是儒道二家，可以说诸子百家皆宗自黄老。

第三章

孙悟空真行者

1. 猴王出世

《西游记》开篇先言天地之数，天地如何形成，由混沌未分到一阳初动，清气上升为天，浊气下凝为地。而后有五行，有万物，有人伦，有四大部洲。《西游记》开篇融合了周易，融合了易圣康节先生的《皇极经世》，融合了上古文化历史，融合了释家四大部洲理论，随后便进入了人物角色。且看：

> 东胜神洲海外有一国土，名曰傲来国。国近大海，海中有一座名山，唤为花果山。此山乃十洲之祖脉，三岛之来龙。那山顶上有一块仙石，其石有三丈六尺五寸高，按周天三百六十五度；有二丈四尺围圆，按政历二十四气。上有九窍八孔，按九宫八卦。盖自开辟以来，每受天真地秀，日精月华，感之既久，遂有灵通之意。内有仙胎，一日迸裂，产一石卵，似圆球样大。因见风，化作一个石猴，五官俱备，四肢皆全。便就学爬学走，拜了四方。目运两道金光，射冲斗府。惊动高天上圣。玉帝驾座金阙云宫灵霄宝殿，聚集仙卿，见有金光焰焰，即命千里眼、顺风耳开南天门观看。二将须臾回报道："金光之处，乃东胜神洲傲来国花果山，山上有一仙石，石产一卵，见风化

一石猴，在那里拜四方，眼运金光，射冲斗府。如今服饵水食，金光将潜息矣。”玉帝垂恩曰：“下方之物，乃天地精华所生，不足为异。”

猴王出生在东胜神洲，东是周易里的震卦，周易万物类象中，震卦代表雷。这里开篇第一回的东胜神州，和故事结尾的雷音寺是相呼应的。国近大海处有一座名山，唤为花果山。海是水，在修身功夫中，常将人性、欲念比喻为水。释家亦有句话说，境风吹识浪。释家唯识宗也讲，人的意识种子有如瀑流。当然，《道德经》上的上善若水则是另一种意思，与此不可同语。

海边有座名山，唤为花果山。在周易卦象中，艮卦代表山，艮代表止，喻示我们若能止住意识中的瀑流，就代表修身功夫有花有果，有了花又结出果，就是修身功夫成就了。此山乃十洲之祖脉。花为阴，果为阳，一阴一阳谓之道。《黄帝内经·素问》曰：“阴阳者，天地之道也，万物之纲纪。”阴阳花果，可不就是十洲之祖脉。

山顶有块仙石，其石有三丈六尺五寸高，按周天三百六十五度。三丈六尺五寸，是三百六十五度的略写，代表太阳黄道度数；有二丈四尺围圆，按政历二十四节气。二丈四尺，也是二十四节气的略写。太阳黄道度数与二十四节气，代表天地之间的阴阳造化。上有九窍八孔，按照九宫八卦，九窍八孔人身也，九宫八卦天地之象，代表人身小天地，与天地这个大天地是同一体的。这就是我们传统文化中天人合一的思想。

自开辟以来，受天真、地秀、日精、月华，感之即久，遂有灵通之意。内育仙胎，但凡天地造化所生之物，都是感天真地秀、日精月华的，只是人类对比其他万物，吸收得更多而已。人类受天地之气而生，即是内育“仙胎”。正所谓人之初，性本善，禅宗讲：“我们每一个人身上，都有真如佛性。”宋代理学也讲：“人人可为尧舜。”因此我们每个人身上，本来都是“仙胎”，本来都是圆满具足。

一日迸裂，产一石卵，似圆球大小，因见风化作一个石猴，五官俱备，四肢俱全，便就学爬学走，拜了四方。这里描述了人类的出生，猴子只是一个标签而已，非真指猴子。还好《西游记》的作者比英国生物学家达尔文早生了好几百年，不然还以为他是看了进化论，才认为人是从猴子变过来的。当然，达尔文也不应该是看到《西游记》才受到启发的。这里猴子是喻指我们的人心，人的心真是心猿意马，丝毫不停。为何是石猴呢？石，周易万物类象是归入艮卦的，之前提过艮卦代表止。我们的心猿就是需要止住，需要心性修持大道生的。这里和海边有座山始终相呼应。

《孟子·离娄下》中说：“人之所以异于禽兽几希？庶民去之，君子存之。”今天的生物学家也已经证明这个观点了，人也是动物，只不过我们是高级动物而已，就差那一个字，一个高一个低。因为我们知道止，知道找回良知，知道寻找那最初的天性。

猴王刚出生时，眼运金光，射冲斗府，如今服饵水食，金光将潜息矣。人之初，性本善。人身之中，心为君主，《黄帝内经·素问·六节脏象论篇》中说：“心者，生之本神之变也。”就是说生命的根本，在于我们的心神。《黄帝内经·灵枢·天年》中说：“得神者昌，失神者亡。”我们人身上的“神”足不足，可以从眼神上来观察。神旺是眼运金光，神旺气足。

但人出生后，随着时间的推移，生存的所需，环境的接触，欲望的增多，烦恼接踵而来，心久动而神渐惫，故金光潜息矣。在欲望及诸多烦恼面前，人往往不能自拔，无法逃脱，进而金光潜息矣。因此，需在金光潜息前，找回自己那最初的本真。这就是《西游记》的宗旨，《西游记》从开篇到最后，所有的故事情节，设计得都非常巧妙，处处相扣，首尾相应，丝毫不差。

2. 水帘洞

一日趁闲，众猴一齐跑来，顺涧爬山，直至源流之处，乃是一股瀑布飞泉。众猴拍手称扬道：“好水！好水！那一个有本事的，钻进去寻个源头出来，不伤身体者，我等即拜他为王。”连呼了三声，忽见丛杂中跳出一个石猴，高叫道：“我进去！我进去！”好猴！你看他瞑目蹲身，将身一纵，径跳入瀑布泉中，忽睁睛抬头观看，那里边却无水无波，明明朗朗的一架铁板桥。桥下之水，冲贯于石窍之间，倒挂流出去，遮闭了桥门。又上桥头再看，却似人家住处一般，好个所在。看罢多时，跳过桥，左右观看，只见正当中有一石碣。碣上镌着“花果山福地，水帘洞洞天。”石猴喜不自胜，复瞑目蹲身，跳出水外，打了两个呵欠道：“大造化！大造化！”众猴围住问道：“里面怎么样？水有多深？”石猴道：“没水！没水！原来是一座铁板桥。桥那边是一座天造地设的家当。”众猴道：“怎见得是个家当？”石猴笑道：“这股水乃是桥下冲贯石窍，倒挂下来遮闭门户的。桥边有花有树，乃是一座石房。房内有石锅、石灶、石碗、石盆、石床、石凳。中间一块石碣，上镌着‘花果山福地，水帘洞洞天。’真个是我们安身之处。我们都进去住也，也省得受老天之气。”

这一段景象描述的是《内经图》，这里的景象是《内经图》的下半部分。大家看看《内经图》对比一下便知，《内经图》最下端有一阴阳玄牝车，一对童男童女踩着车，车有如桥象。车下的水冲贯于车轮之间，有倒流之象。水倒流回来有一处城门，就是《西游记》中的铁板桥桥门。而铁板桥正是喻指着我们人身的下丹田。

猴王又上桥头再看，却似人家住处一般，好个所在。花果山福地，水帘洞洞天。福地洞天，我们每个人身上本来就有，本来圆满具足。古语讲，人在道中不知道，鱼在水中不知水，所谓道不远人，人自远道。

《内经图》画的是我们人身内在的生命结构，就是我们内在生命的住所。前面说过，花果山是天地阴阳之道，是人身修证到天地本源的花果。水帘洞洞天，是我们人体内在的生命结构。这个结构，肉眼难以看到，现在的科学仪器也暂时检测不到。就如我们人体内部的经脉，现代仪器就难以检测到。石猴跳出水外道：“大造化，大造化。”天地是一大天地，人身是一小天地，小天地，大造化也。

众猴问道：“里面怎么样？水有多深？”石猴道：“没水，没水，原来是座铁板桥，桥那边是一座天造地设的家当。”这里再次说没水，是一种强烈暗示。这个水不是真的指自然界当中的水，那股涧水是人身当中的水。洞内无水，是喻示人体当中的水帘洞天。石猴说：“花果山福地，水帘洞洞天，真个是我们安身之处，我们都进去住，省得受老天之气。”

这里，花果山喻指我们修身当中的心性功夫，水帘洞喻指我们修身当中的身命功夫。正如《内经图》里面的诗句：“我家专种自家田，可育灵苗活万年，花似黄金苞不大，子如玉粒果皆圆。”看到这里，有人可能不禁要问，说了半天怎么也没说这个水代表我们人身的什么啊？

水火既济

这里我们要分享一下，这水代表人体里面的精水。洞外的涧水奔流，是指我们人身精水外流，精气外泄。精气外泄，人极易生老病死。洞内无水，铁板桥桥水倒流，是喻示我们人身丹田火起，炼精化气，精气逆流顶门，真气内固矣。真气内固，人身自然安身自在，也就省得受老天的风、寒、暑、燥、湿、火之气了。真气内固，身体自然强健，少受老天的六气六淫侵袭，也是必然的。把人体内部的一些生理结构用水喻示，古人早已有之。《黄帝内经·灵枢·经水》中就把人体十二经脉比喻成地面上的十二条河流，并称其为十二经水。

3. 猴王立志

有一天猴王流泪，众猴慌忙罗拜道："大王何为烦恼？"猴王道："我虽在欢喜之时，却有一点儿远虑，故此烦恼。"众猴又笑道："大王，我等日日在仙山福地，古洞神州，无拘无束，自由自在，乃无量之福，有何忧虑？"猴王道："今日虽不干人王法律，不惧禽兽威服，将来年老血衰，暗中有阎王老子管着，一旦身亡，可不枉生世界之中，不得久住天人之内？"众猴闻言，一个个掩面悲啼，俱以无常为虑。

只见那班部中，跳出一个通背猿猴，厉声高叫道："大王如此远虑，真所谓道心开发也！如今五虫之内，惟有三等名色不服阎王老子所管，乃是佛与仙与神圣。三者躲过轮回，不生不灭，与天地齐寿。”猴王道：“此三者居于何所？”猿猴道：“他只在阎浮世界之中，古洞仙山之内。”猴王闻之，满心欢喜，道：“我明日就辞汝等下山，云游海角，远涉天涯，务必访此三者，学一个不老长生，常躲过阎君之难。”噫！这句话，顿教跳出轮回网，致使齐天大圣成。众猴鼓掌称扬，都道：“善哉！善哉！

这篇中，猴王已明知最终年老血衰，难逃阎君之手。众猴跟着哭泣，通臂猿猴所言：“五虫之内，惟有三等名色不服阎王老子所管，乃是佛与仙与神圣。”这里，五虫指世间所有生物，包括人。佛、仙与神圣是儒释道三家圣人，三家圣人都可以跳出三界外，不在五行中，不受阎王管。这里也明示三家平等、三家同真。

猴王心慕，要下山寻访此三者，可谓深谋远虑，道心开发。访此三者，学一个不老长生，躲过阎君之难，此是立大志！修身过程中，不管是哪家、哪派，立大志都是必须的。正如王阳明幼年就言：“天下最要紧的，是读书做一个圣贤人。”还有我们周总理的立志明言：“为中华之崛起而读书。”做任何事，第一步立志很关键，发心很关键。

猴王最后这句学个不老长生，已然明示修身要安身立命，要性命兼顾。这里与花果山福地与水帘洞洞天，又做了一次呼应。作者从开篇到终篇，始终贯穿这条主线，光在开篇第一回当中，就反复强调了多次，提纲诗句、地名、言语，无不涉及，发人深省。即便如此，错读误读西游者，比比皆是。

4. 猴王访道

次日，美猴王早起，折些枯松，编作筏子，取个竹竿作篙，独自登筏，尽力撑开，飘飘荡荡，径向大海波中，趁天风，来渡南赡部洲地界。这一去，也是他运至时来，自登木筏之后，连日东南风紧，将他送到西北岸前，乃是南赡部洲地界。弃了筏子，跳上岸来，只见海边有人捕鱼、打雁、挖蛤、淘盐。他走近前，弄个把戏，妆个䴉虎，吓得那些人丢筐弃网，四散奔跑。将那跑不动的拿住一个，剥了他衣裳，也学人穿在身上，摇摇摆摆，穿州过府，在市廛中，学人礼，学人话。朝餐夜宿，一心里访问佛仙神圣之道，觅个长生不老之方。见世人都是为名为利之徒，更无一个为身命者。正是那：

争名夺利几时休？早起迟眠不自由！

骑着驴骡思骏马，官居宰相望王侯。

只愁衣食耽劳碌，何怕阎君就取勾？

继子荫孙图富贵，更无一个肯回头！

前面言立志，这里是接立志而言，立志的话好说，但是坚持却难。世间里无论学什么，都贵在坚持，学儒释道三家功夫也是如此。当你锦衣玉食、儿孙富贵时，你能否清醒？当你功成名就时，你是不是一个受人尊敬、有爱心、有道德的慈善家？这一段作者其实就是告诫我们，面对红尘不要太过迷恋！荣华富贵大家都喜欢，但那毕竟是身外之物，人的身心性命比起荣华富贵来，那才是弥足珍贵的。如《悟真篇》诗："不求大道出迷途，纵负贤才岂丈夫。百岁光阴石火烁，一生身世水泡浮。只贪利禄求荣显，不觉形容暗瘁枯。试问堆金等山岳，无常买得不来无？"

猴王在南赡部洲奔走，访不到佛仙神圣之道。南，是周易中的离卦，离代表心，五行代表火，在南边奔走即是心火炎上，欲望横飞，当然更无一个回头，当然没有真道。

5. 满庭芳

猴王参访仙道，无缘得遇，不觉八九年馀。忽行至西洋大海，他想着海外必有神仙。独自个依前作筏，又飘过西海，直至西牛贺洲地界。登岸遍访多时，后至一座高山林深处，听到歌唱之声。歌曰：

观棋柯烂，伐木丁丁，云边谷口徐行。卖薪沽酒，狂笑自陶情。苍径秋高，对月枕松根，一觉天明。认旧林，登崖过岭，持斧断枯藤。收来成一担，行歌市上，易米三升。更无些子争竞，时价平平。不会机谋巧算，没荣辱，恬淡延生。相逢处，非仙即道，静坐讲《黄庭》。

美猴王听得满心欢喜，道："神仙原来藏在这里！"即忙跳入里面看时，乃是一个樵子，在那里举斧砍柴。猴王近前叫道："老神仙！弟子起手。"那樵汉慌忙丢了斧，转身答礼道："不当人！不当人！我拙汉衣食不全，怎敢当'神仙'二字？"猴王道："你不是神仙，如何说出神仙的话来？"樵夫道："我说甚么神仙话？"猴王道："我才听的你说：'相逢处、非仙即道，静坐讲《黄庭》。'《黄庭》乃道德真言，非神仙而何？"樵夫笑道："实不瞒你说，这个词名做《满庭芳》，乃一神仙教我的。那神仙与我舍下相邻。

猴王在南瞻部洲没有访到真道，到西牛贺洲终于访到仙道。到西边去取经求道，这个问题很有意思，不单我们华夏文明的诸子百家是如此，外来的释家也是如此。这个可以拿《周易》的原理来解释下：天道是春生、夏长、秋收、冬藏。秋天代表收成，秋天五行属金。也就是说，金五行，是主收成的和圆满的。世间的任何事，包括取经求道，相信也得是有收成和圆满才好吧！金五行对应方向在西，故是去西边取经。

另外，樵夫所唱《满庭芳》之词，初看文字平平，细看才知留有真诀。其词就是《老子》里的和光同尘之功夫，就是儒家的存心养性之功夫。《黄庭》是魏晋时期道家上清派创立者魏华存传下来的经典。首先它继承了先秦时期的道家学说，同时又吸收了《黄帝内经》中有关脏腑、经络、精气的理论，着重阐述存思身神、守固精气的理论和方法。《黄庭》提出的存真修炼方法，到了中唐以后，成为道家养生方术的主流，《黄庭》也因此被后世道家，奉为丹道经典。

6. 樵夫指路

猴王道："你家既与神仙相邻，何不从他修行？学得个不老之方？"樵夫道："我一生命苦，自幼父亡，母亲居孀，只我一人，只得斫两束柴薪，挑向市廛，卖钱籴米，供养老母，所以不能修行。"

猴王道："据你说起来，乃是一个行孝的君子，向后必有仙分。但求你指与我那神仙住处，却好拜访去也。"樵夫道："不远，不远。此山叫做灵台方寸山。山中有座斜月三星洞。那洞中有一个神仙，称名须菩提祖师。那祖师出去的徒弟，也不计其数，见今还有三四十人从他修行。你顺那条小路儿，向南行七八里远近，即是他家了。”猴王用手扯住樵夫道：“老兄，你便同我去去。若还得了好处，决不忘你指引之恩。”樵夫道：“你这汉子，甚不通变。我方才与你说了，若我与你去了，却不误了我的生意？老母何人奉养？我要斫柴，你自去，自去。”

灵台方寸山，山中有座斜月三星洞。灵台是中医穴位名，但这里并不指穴位。《诗经·大雅》中记载：周文王修建的台子称为灵台。文王筑灵台是为祭苍天，安黎民，其动机完全是为了天地与苍生，体现了大公无私的奉献精神。出于此，后世儒家就把灵台寓意为洁净无瑕的心灵。这样大公无私的精神，就在我们内心方寸之地。斜月三星为一个“心”字。灵台亦有称在上丹田的，这来源于医家心藏神、脑为元神之府。两者都是一个意思。综合而言，灵台按儒家讲，为明明德的心；按道家讲；是虚极静笃的心；按释家讲，是明心见性的心。

洞中有一个神仙，称名须菩提祖师。须菩提，历史上确有其人。他是释迦摩尼十大弟子之一，称为解空第一。但释迦摩尼弟子须菩提，是住在古印度的天竺，好像没听说其住在灵台方寸山，古印度也没灵台方寸山这么个地名。因此，这里的须菩提祖师并非释迦摩尼弟子须菩提。这里的须菩提是指心中的菩提。菩提就是觉悟，内心觉悟了，才能明明德；内心觉悟了，才能真正大公无私。觉悟的心，就是神仙须菩提祖师。这个心我们人人本有，确实离我们不远，而且就在我们身上，只要我们内心觉悟了，我们个个都是“神仙须菩提祖师”。

这一段描述的景象，是《内经图》的上半部分，水帘洞是《内经图》的下半部分，合起来刚好是一张完整的《内经图》。《内经图》上半部分就画着一座山峰，有一个洞穴，洞里坐着一位白头发的老人家。

祖师出去的徒弟不计其数，见今还有三四十人从他修行。三四相加等于七，这里七指七日来复。七日来复是《周易》的地雷复卦，道家常以复卦比喻一阳初动，一阳初动从心性功夫上可理解为人心性光发露，是你真正认识你自己的那一刻。七日来复从身命功夫上可理解为人体真气真机发动。

你顺着那条小路儿，向南行，七八里就到他家了。这里，路指心路也，向南，南配入周易卦象是离卦，离卦在人体代表心。七八里，七八相加就是十五。《参同契》上讲，十五乾体就盛满甲东方了。乾卦在《周易》里代表天、代表圆。这里比喻内心，心性之光圆满无碍。心性之光圆满，就是内心真如，随心所欲而不逾矩了。

7. 菩提祖师

猴王听说，只得辞谢出林，找路过坡，来到“灵台方寸山，斜月三星洞”。美猴王十分欢喜，看够多时，不敢敲门。且去跳上松枝梢头，摘松子吃了顽耍。少顷间，只听得“呀”的一声，洞门开处，里面走出一个仙童，高叫道：“甚么人在此搔扰?”猴王扑的跳下树来，上前躬身道：“我是个访道学仙之弟子，更不敢在此搔扰。”仙童笑道：“你是个访道的么?”猴王道：“是。”童子道：“我家师父，正才下榻，登坛讲道。还未说出原由，就教我出来开门。说：‘外面有个修行的来了，可去接待。’想必就是你了?”猴王笑道：“是我，是我。”童子道：“你跟我进来。”这猴王整衣端肃，随童子径入洞天深处。一层层深阁琼楼，珠宫贝阙，说不尽那静室幽居，直至瑶台之下。见那菩提祖师端坐在台上，两边有三十个小仙侍立台下。果然是：

大觉金仙没垢姿，西方妙相祖菩提；
不生不灭三三行，全气全神万万慈。
空寂自然随变化，真如本性任为之；
与天同寿庄严体，历劫明心大法师。

《西游记》中到处在寓意，这一段也不能单纯只看到猴王寻到了菩提祖师。猴王是心猿，这个心猿，是所有人的心猿；这个心猿，我们人人本有。心猿到了“灵台方寸山、斜月三星洞”，就不再是心猿了。此时我们的心猿，就是觉悟之心。我们的心真正觉悟了，我们的心就是明明德的心，就是明心见性的心，就是道心！这样的心就是菩提祖师的心，就是大觉金仙的心！故大觉金仙就是菩提祖师，菩提祖师就是大觉金仙。

大觉金仙是唐朝时期对佛的尊称。释家自东汉永平七年传入中国，早期传入时，称佛为金仙。释家经典《华严》亦称佛为金仙。这首诗融合了释道二家心法来论述大觉金仙，亦在阐述释道二家同真，二家互参。

8. 猴王拜师

猴王一见，倒身下拜，磕头不计其数，口中只道："师父！师父！我弟子志心朝礼！"祖师道："你是那方人氏？且说个乡贯姓名再拜。"猴王道："弟子乃东胜神洲傲来国花果山水帘洞人氏。"祖师喝令："赶出去！他本是个撒诈捣虚之徒，那里修甚么道果！"猴王慌忙磕头不住道："弟子是老实之言，决无虚诈。"祖师道："你既老实，怎么说东胜神洲？那去处到我这里，隔两重大海，一座南赡部洲，如何就得到此？"猴王叩头道："弟子飘洋过海，登界游方，有十数个年头，方才访到此处。"祖师道："既是逐渐行来的也罢。你姓甚么？"猴王又道："我无性。人若骂我，我也不恼；若打我，我也不嗔，只是陪个礼儿就罢了。一生无性。"

猴王言："我无性，人若骂我，我也不恼；若打我，我也不嗔，只是赔个礼就罢了。"这里，作者借猴王的口告诉我们修身立己应有的应事应物法诀。我无性即是无我，无我就能无私，无私就能大公。大公就能扫除私意，扫除私欲。《论语》言，毋意，毋我；释家讲，无我相，无人相。均是此意！

9. 孙悟空

祖师道："不是这个性。你父母原来姓甚么?"猴王道："我也无父母。"祖师道："既无父母，想是树上生的?"猴王道："我虽不是树生，却是石里长的。我只记得花果山上有一块仙石，其年石破，我便生也。"祖师暗喜道："这等说，却是个天地生成的。你起来走走我看。"猴王纵身跳起，走了两遍。祖师笑道："你身躯虽是鄙陋，却像个食松果的猢狲。我与你就身上取个姓氏，意思教你姓'猢'。猢字去了个兽傍，乃是个古月。古者，老也；月者，阴也。老阴不能化育。教你姓'狲'倒好。狲字去了兽傍，乃是个子系。子者，儿男也；系者，婴细也。正合婴儿之本论。教你姓'孙'罢。"猴王听说，满心欢喜，朝上叩头道："好！好！好！今日方知姓也。万望师父慈悲！既然有姓，再乞赐个名字，却好呼唤。"祖师道："我门中有十二个字，分派起名，'乃广、大、智、慧、真、如、性、海、颖、悟、圆、觉'十二字。排到你，正当'悟'字。与你

起个法名叫做‘孙悟空’好么?”猴王笑道:“好!好!好!自今就叫做孙悟空也!”正是:

鸿蒙初辟原无姓,打破顽空须悟空。

祖师在猴王身上取个“猢”姓不要,是因老阴不能化育,才取姓孙,合婴儿之本论。婴儿是个比喻词,喻指内心无知无识,无丝毫污染。祖师赐名悟空,根据分派起名而得,悟是修身立己的首要一步,先悟才能入手做功夫,没悟而入手做功夫,往往易走偏。

悟字,用我们传统文化的理论再讲得白一点,就是穷理。理通才能悟通。前面已经提到猴王喻指心。心要悟空,但不是一味顽空。心空才能不执著,心空内心才能真正坦然无私欲,才能破我执、破我相,破执破相后方能真觉悟。儒家理学讲,心要实,不要空。用词不同,大致用意相似,只是入手处不同,故儒家入世,释家出世。

前面章节提到过,唐僧代表心,而悟空也代表心,会不会冲突呢?心虽然只有一个,但心有七情——喜、怒、忧、思、悲、惊、恐,这七情都是心里面的情绪。这七情由谁来引动?由心里的脉舍之神来引动。《黄帝内经·灵枢·本神篇》有言:“心藏脉,脉舍神。”心与神二者牢不可分,总体为一,细分为二。

唐僧、悟空都可以喻指心。确切地说,唐僧喻指我们的心,悟空喻指心里的脉舍之神。心与神的关系,打个比方来说,就是一架“彩虹四号”无人机。飞机代表心,飞机内部的自控操控系统则为神,这两者少了哪一个都不完整,二者完全是一体的,细分又可分为二,但又不可分割。因此,西天取经,唐僧非悟空不可,悟空也非唐僧不可。

10. 祖师登坛

一日，祖师登坛高坐，唤集诸仙，开讲大道。真个是：

妙演三乘教，精微万法全。说一会道，讲一会禅，三家配合本如然。开明一字皈诚理，指引无生了性玄。

孙悟空在旁闻讲，喜得他抓耳挠腮，眉花眼笑。忍不住手舞足蹈。祖师看见，叫孙悟空道："你在班中，怎么颠狂跃舞，不听我讲？"悟空道："弟子诚心听讲，听到老师父妙音处，喜不自胜，不觉踊跃，望师父恕罪！"祖师道："你既识妙音，我且问你，你到洞中多少时了？"悟空道："弟子本来懵懂，不知多少时节。只记得灶下无火，常去山后打柴，见一山好桃树，我在那里吃了七次饱桃矣。"祖师道："那山唤名烂桃山。你既吃七次，想是七年了。你今要从我学些甚么道？"悟空道："但凭尊师教诲，只是有些道气儿，弟子便就学了。"

"三乘"一词，释家指声闻乘、缘觉乘、菩萨乘；道家则指上乘、中乘、下乘。但在这里观其诗意，当是另有所指。这里当指儒、释、道三家之法乘，三家功夫配合方为大妙。古人也常讲："外用儒术，内用黄老。"这样的境界，只有高手才能明白。普通人受门户之见，往往只是看着自己那一亩三分地。儒、释、道三家的功夫，都能让人觉悟，都能让人明心了性，圆融三家旨在吸取所长，避其所短。

在烂桃山吃七次饱桃。烂者剥烂之象，其中有仁。《参同契》曰："剥烂肢体，消灭其形。"吃七次饱桃，喻七日来复，天心性光发露，见性志诚。

《西游记》真是处处直指修身功夫，处处在借人物、名称、言语揭示修身法诀，可谓处处是雷音，处处传真经。千万不要认为真经只有到了最后一百回才有，那样认为就不是读西游了，而是读游西了。

11. 祖师讲法

> 祖师道："'道'字门中有三百六十傍门，傍门皆有正果。不知你学那一门？"悟空道："凭尊师意思。"祖师道："我教你个'术'字门中之道，如何？"悟空道："'术'门之道怎么说？"祖师道："'术'字门中，乃是些请仙扶鸾，问卜揲蓍，能知趋吉避凶之理。"悟空道："似这般可得长生么？"祖师道："不能！不能！"悟空道："不学！不学！"
>
> 祖师又道："教你'流'字门中之道，如何？"悟空又问：

“‘流’字门中，是甚义理？”祖师道：“‘流’字门中，乃是儒家、释家、道家、阴阳家、墨家、医家，或看经念佛，并朝真降圣之类。”悟空道：“似这般可得长生么？”祖师道：“若要长生，也似‘壁里安柱’。”悟空道：“师父，我是个老实人，不晓得打市语。怎么谓之‘壁里安柱’？”祖师道：“人家盖房，欲图坚固，将墙壁之间，立一顶柱，有日大厦将颓，他必朽矣。”悟空道：“据此说，也不长久。不学！不学！”

祖师道：“教你‘静’字门中之道，如何？”悟空道：“‘静’字门中，是甚正果？”祖师道：“此是休粮守谷，清静无为，参禅打坐，戒语持斋，或睡功，或立功，并入定坐关之类。”悟空道：“这般也能长生么？”祖师道：“也似‘窑头土坯’。”悟空笑道：“怎么谓之‘窑头土坯’？”祖师道：“就如那窑头上，造成砖瓦之坯，虽已成形，尚未经水火煅炼，一朝大雨滂沱，他必滥矣。”悟空道：“也不长远。不学！不学！”

祖师道：“教你‘动’字门中之道，如何？”悟空道：“‘动’门之道，却又怎样？”祖师道：“此是有为有作，采阴补阳，攀弓踏弩，摩脐过气，烧茅打鼎，进红铅，炼秋石，并服妇乳之类。”悟空道：“似这等也得长生么？”祖师道：“此欲长生，亦如‘水中捞月’。”悟空道：“师父又来了！怎么叫做‘水中捞月’？”祖师道：“月在长空，水中有影，虽然看见，只是无捞摸处，到底只成空耳。”悟空道：“也不学！不学！”

祖师首先肯定了三百六十旁门，皆有正果。“术”字门中，请仙、扶鸾现在不常见了，问卜、揲蓍就如同现在的六爻、奇门、八字、星命等，学好了可以趋吉避凶，但是不能了道，不能长生。

“流”字门内，儒、释、道、阴阳、墨、医、念佛法门，朝真降圣，也有正果，但是也不能了道，不能长生。这里所指的儒释道三家，是指已然宗教化、形式化的三家。依靠穿神秘外衣，或依靠粉墨彩妆来过活，已然脱离直指人心的法脉传承，故是不能长生的。降真朝圣如同我们现在的祈祷、祷告、忏悔等法门，东方、西方的宗教里都有研习此类法门的。祖师比喻“壁里安柱”，是指修身功夫如过于形式化、宗教化，难免会陷入执著，而不能变通。不管你喜欢哪家，入了哪家门，哪怕有所成，难免都会爱屋及乌，陷入法执与我执中，犹如把自己当柱子，塞进墙内，受门户之见而难以自拔。长久房子终倒塌，终不长久，故不能长生。

“静”字门中，休粮守谷，指辟谷。清净无为是道家之语，与释家参禅打坐类似，入定坐关是释家语，睡功是道家的胎息功，两者也很类似。戒语持斋、立功属于苦行一类，祖师形容为“窑头土坯”。未经水火煅烧是指这几类功夫都是出世炼就的功夫，没有入世修炼。任何功夫若没有入世修炼，再好都是空中楼阁，没有地基，故一朝大雨必滥。

“动”字门内所指的诸类，简而言之就是房中术、导引吐纳、烧炼外丹、服食之类。祖师比喻为“水中捞月”，是指这几类功夫都属于有为法。有为法是各家法门修身做功夫首要的、第一步的权宜之计。过河需用筏，到岸不需舟。不能永远坐在船上，而忘记弃船登岸，故称为水中捞月。这四类法门，虽好但不是了脱至道，故悟空不学。

这里，悟空是在告诉我们，发心就发最上等心，立志就立最上等志。如王阳明讲："我以为第一等事，应是读书做圣贤。"这就是发最上等心，立最上等志。悟空拜师学艺，祖师传法传诀的故事情节，可以说是借鉴了慧能拜师，其师弘忍传法的故事情节而作的。大家去对比一下即知。

12. 玄机暗示

祖师闻言，咄的一声，跳下高台，手持戒尺，指定悟空道："你这猢狲，这般不学，那般不学，却待怎么？"走上前，将悟空头上打了三下，倒背着手，走入里面，将中门关了，撇下大众而去。吓得那一班听讲的，人人惊惧，皆报怨他，又嫌恶他。悟空一些儿也不恼，只是满脸陪笑。原来那猴王他已打破盘中之谜，暗暗在心。祖师打他三下者，教他三更时分存心，倒背着手，走入里面，将中门关上者，教他从后门进步，秘处传他道也。

当日悟空巴不得到晚，黄昏时与众就寝，假合眼，定息存神。约到子时前后，轻轻的起来，穿了衣服，偷开前门，走至后门外，只见那门儿半开半掩。悟空即侧身进门，直走到祖师寝榻之下。见祖师朝里睡着，悟空不敢惊动，即跪在榻前。那祖师不多时觉来，舒开两足，口中自吟道：

难难难！道最玄，莫把金丹作等闲。

不遇至人传妙诀，空叫口困舌头干！

祖师所咏之诗，大体自《悟真篇》诗意而发。《悟真篇》曰："饶君聪慧过颜闵，不遇真师莫强猜，只为金丹无口诀，教君何处结灵胎？"祖师的诗句诗意明显，金丹需要至人传授方得，金丹非比寻常。张三丰也说，养生可以延年命，金丹方能夺造化、逃劫数。金丹是道家用来描述"道"的一个比喻词而已。金丹用儒家来讲，就是太极；用释家来理解，大致可以理解为圆觉。

13. 祖师传道

悟空应声叫道："师父，弟子在此跪候多时。"祖师知是悟空，即起披衣，盘坐喝道："这猴狲！你不在前边去睡，却来我这后边作甚？"悟空道："师父昨日坛前，教弟子三更时候，从后门里传我道法，故此大胆径拜榻下。"祖师听说，暗自寻思道："这厮果然是个天地生成的！就打破我盘中暗谜。"悟空道："此间更无六耳，只是弟子一人，望师父大舍慈悲，传与我长生之道罢，永不忘恩！”祖师道：“你今有缘，我亦喜说。既识得盘中暗谜，你近前来，仔细听之，当传与你长生之妙道也。”悟空叩头谢了，洗耳用心，跪于榻下。祖师云：

显密圆通真妙诀，借修生命无他说。
都来总是精气神，谨固牢藏休漏泄。
休漏泄，体中藏，汝受吾传道自昌。
口诀记来多有益，屏除邪欲得清凉。
得清凉，光皎洁，好向丹台赏明月。
月藏玉兔日藏乌，自有龟蛇相盘结。
相盘结，性命坚，却能火里种金莲。
攒簇五行颠倒用，功完随作佛和仙。

这首诗可谓《西游记》里面的精髓之诗了，将道家的身心性命功夫，泄尽无疑。但可惜全是暗语，要是没人指出，想去了解，就犹如盲人摸象，举步艰难矣！

显密圆通真妙诀。显密为释家词，释家中，显指释迦牟尼所说之法，密指大日如来所说之法。通常，汉地的释家，称为显宗；青藏地释家，称为密宗。但这里是借释家词来说修身功夫的，不是真指释家的显密二宗。这里显指明显公开的法，如修身立己的心性功夫多是公开真传的。密指秘密、密传之法了，如身命之功就多是秘传了。

圆通也是释家词，是释家在判教上所用之词。因为释家典籍太多，经典与经典之间有不少互相矛盾冲突的地方，加上释家门内宗派太多，各家所宗之经典不同，为了解决这个问题，释门采用判教学说来对释家门内的所有经典进行统一分类，以期解决分歧。通是人乘始教。圆，顾名思义，指最圆满的教法。基本上，释门各宗都把自己本宗列为圆教，认为自己宗门最为圆满。因此圆通判教，释门各宗并无统一。这里的圆通亦非释门的圆通判教，只是借用了释门词汇，可以理解为圆满通达之真妙诀。

借修性命无他说。此处是指修身功夫一定要身心性命兼顾，身心性命兼顾为最圆满通达的法门，除此无他。最初的黄老之学全是如此，儒家早期也是如此。后来的释家密宗，宗喀巴所传教法，显密兼修，先显后密，基本上也是类似思路。

都来总是精气神。这句话老百姓都知道，天有三宝日月星，人有三宝精气神。精气神是人体身上，三大动力源泉。精气神为人身上药三品，稍有泄漏，性命不坚。但亦需知晓，其精不是交感精，其气不是呼吸气，其神不是思虑神。

谨固牢藏休漏泄。这一句与水帘洞、铁板桥是相呼应的，是水帘洞里桥下之水倒流的景象诗文。水是精气，精气倒流就不会漏泄了，就牢藏了，当然包括神与气都是不能漏泄的。

休漏泄，体中藏，汝受吾传道自昌。这句是上句的引申而已，并且歌咏祖师传至道的意义。

口诀记来多有益。是申明真法诀，需要多记有益。

屏除邪欲得清凉。喻示内心洗心涤虑，直至思无邪，断尽烦恼与欲望。

得清凉，光皎洁。心中烦恼欲望断尽，心之灰尘除尽，虚室生白，真性之光开始发露。

好向丹台赏明月。光皎洁后，我们的心性之光就显露出来了，有如满月光辉，皎洁明亮。儒家谓之明明德，禅宗称为大光明或神珠一颗，道家所谓西江月。至此境地见得良知，见得本来面目。心性功夫已是初成，但未真正究竟圆满。所以，禅宗也讲，见性后，向上还有一着事要做。

月藏玉兔日藏乌。月藏玉兔，上古传说中，月亮里有玉兔。月，在周易里配入坎卦，坎卦对应人体代表肾水。兔是月中之精华，这里喻示肾水中有真阳之气，真火也。道家也常把玉兔称之为水中金、真铅。日藏乌，上古传说中，太阳里有金乌鸟。日，在周易里配入离卦。离卦在人身中代表心。这里喻示心神中，有真阴之气，有真水，即道家书上所讲的火中木，真汞也。肾中真阳之气生，心中真阴之气生。这些功夫是需要心性功夫有成就后，再去做身命功夫方能显现的。这一句是丹台赏明月之后的实地功夫。

自有龟蛇相盘结。龟蛇是诚意、真意的比喻词。道家又将其形象地比喻为媒人，称之为“黄婆”。相盘结喻示真心真意，调合人体内部的精神魂魄。《黄帝内经·素问》言：“心藏神，肺藏魄，肝藏魂，肾藏精，脾藏意。”龟蛇真意炼化人身五脏元气，五气朝元、中脉已然打通。《参同契》言：“黄中渐通里，润泽达肌肤。”到此境地，生命开始逆生长，哪怕你过了花甲之年，显得年轻也是自然而然的。这种年轻无需药物注射，一切都是浑然天成。这就是《黄帝内经·素问·上古天真论篇》中所载的“度百岁而动作不衰矣”。

相盘结，性命坚。这句是上句的引申，到此不仅中脉通，奇经八脉皆通，大周天已然完成，生命持续逆生长，肯定是性命坚。

却能火里种金莲。火在周易里代表离卦，离代表心。火里种金莲，是指我们人心之欲望在红尘中如熊熊烈火。如此烈火中都能长出金莲，此金莲就是我们在红尘中出淤泥而不染的觉悟清净心。这个清净无论在何时何地，都是清净自在的。也可以说就是："内心返璞归真，无为而无不为"。《中庸》所谓："致广大而尽精微，极高明而道中庸。"释家谓之："应无所住而生其心，真空生妙有。"

攒簇五行颠倒用。五行者，金木水火土，在人身是心肝脾肺肾，攒簇者实言借用"道"之能量，将人身五脏六腑精华之气全炼成一气，炼成"金丹"，亦可称之为回归太极。孟子所谓："吾善养吾浩然之气，其为气也，至大至刚，以直养而无害，则塞于天地之间。"

功成随作佛和仙。这是上句的补充和引申而已，此功一成就，是真正的大圆满、大究竟。但此功确是夺天地大造化之功，实是万劫难遇的无上心法，需遇至人传授方可，但至人不是满大街都有的，这点要体会。

菩提祖师弟子不计其数，只传悟空一人。悟空经历千难万险，飘洋过海，到处寻觅八九年无果。后遇祖师，在祖师身边七年，又能识破祖师玄机，才得祖师真诀，可见真正的真法、真诀万中无一，而那些怪力乱神倒是满世界开花。真理真的往往掌握在少数人手里。此中深意不能不深思！

14. 七十二般变化怎么学

悟空得诀后认真修炼，已过三年，祖师复登宝座，与众说法，谈的是公案比语，论的是外像包皮。忽问："悟空何在?"悟空近前跪下："弟子有。"祖师道："你这一向修些什么道来?"悟空道："弟子近来法性颇通，根源亦渐坚固矣。"祖师道："你既通法性，会得根源，已注神体，却只是防备着'三灾利害'。"悟空听说，沉吟良久道："师父之言谬矣。我尝闻道高德隆，与天同寿；水火既济，百病不生，却怎么有个'三灾利害'?"祖师道："此乃非常之道：夺天地之造化，侵日月之玄机；丹成之后，鬼神难容。虽驻颜益寿，但到了五百年后，天降雷灾打你，须要见性明心，预先躲避。躲得过，寿与天齐；躲不过，就此绝命。再五百年后，天降火灾烧你。这火不是天火，亦不是凡火，唤做'阴火'。自本身涌泉穴下烧起，直透泥丸宫，五脏成灰，四肢皆朽，把千年苦行，俱为虚幻。再五百年，又降风灾吹你。这风不是东南西北风，不是和薰金朔风，唤做'赑风'。自囟门中吹入六腑，过丹田，穿九窍，骨肉消疏，其身自解。所以都要躲过。"悟空闻说，毛骨悚然，叩头礼拜道："万望老爷垂悯，传与躲避三灾之法，到底不敢忘恩。"

祖师道："此亦无难，有一般天罡数，该三十六般变化；有一般地煞数，该七十二般变化。你要学那一般？"悟空道："弟子愿多里捞摸，学一个地煞变化罢。"祖师道："既如此，上前来，传与你口诀。"

这里祖师明言：公案、比语、话头之类是外像包皮而已，非是真道；三灾利害，天雷灾、阴火灾、风灾，都是要命之灾，须要见性明心，预先躲避。实言身命之功初成，还应再急回做心性之功，急行无为之道，以解除身内"阴气"、"阴火"没有除尽所造成的隐患。

盖身心性命功夫，有无为、有为二法。一般天罡数变化者，上德无为之道。有一般地煞数变化者，下德有为之道。无为之道，是圣人所用之中道。允执厥中，惟精惟一。一切功夫自然而然，不假有为。因无为之道，做功较速，故天罡数变化者少，该有三十六般变化。

有为之道，如《中庸》言："博学之，审问之，慎思之，明辨之，笃行之。"如此坚持做功夫，终能以有为入于无为，继而大道成。因有为之道做功夫多，故地煞数变化多，该有七十二般变化。天罡变化，只有上等利根之人才能行之，中根以下之人都难行。故祖师不传天罡变化，而传地煞变化。《西游记》这一段祖师教学的意寓，与儒家教学的思想是相同的。《论语》亦言："中人以上，可以语上也；中人以下，不可以语上也。"

15. 筋斗云我有吗

一日，祖师与众门人在三星洞前戏玩晚景。祖师道：“悟空，事成了未曾?”悟空道：“多蒙师父洪恩，弟子功果完备，已能霞举飞升也。”祖师道：“你试飞举我看。”悟空弄本事，将身一耸，打了个连扯跟头，跳离地有五六丈，踏云霞去够有顿饭之时，返复不上三里远近，落在面前，叉手道：“师父，这就是飞举腾云了。”祖师笑道：“这个算不得腾云，只算得爬云而已。自古道：‘神仙朝游北海暮苍梧。’凡腾云之辈，早晨起自北海，游过东海、西海、南海、复转苍梧。苍梧者，却又是北海。将四海之外，一日都游遍，方算得腾云哩。”悟空道：“这个却难！却难!”祖师道：“世上无难事，只怕有心人。”悟空闻得此言，叩头拜求道：“师父，‘为人须为彻’，索性舍个大慈悲，将此腾云之法，一发传与我罢。”祖师道：“凡诸仙腾云，皆跌足而起，你却不是这般。我才见你去，连扯跳上。我今只就你这个势，传你个‘筋斗云’罢。”悟空又礼拜恳求，祖师却又传个口诀道：“这朵云，捻着诀，念动真言，攥紧了拳，将身一抖，跳将起来，一筋斗就有十万八千里路哩!”师徒们天昏各归洞府。这一夜，悟空即运神炼法，会了筋斗云。逐日家无拘无束，自在逍遥。

身心性命功大，就是《周易·说卦传》所言：“穷理尽性以至于命。”要尽性致命，需先在穷理上狠下功夫。穷理，穷心之天理。一理穷不明，功夫即有欠缺处。穷彻一分理，就尽一分性，功夫就精进一分；穷彻十分理，就尽十分性，功夫就精进十分。我们的心在穷理之时，有顿有渐。穷理之顿，犹如“筋斗云”。心可以一念顿悟十万八千里。古人有句口头禅：“三日不见，刮目相看。”正是此意！穷理之渐，就犹如步行前进，心念再快也是走着弯路。修身立己如穷理速，尽性致命功夫肯定相对就速。当然，心之理虽然可以速明，但实地功夫再速，也需要脚踏实地去做的，因此取经需要步行历经十万八千里而得。

16. 修身警世

一日大家都在松树下会讲多时，大众问悟空，学法如何？给悟空出题目，悟空捻着诀，念动真言，摇身即变成一棵松树，大众见了，鼓掌呵呵大笑，不觉的惊动了祖师。祖师急拽杖出门来问道：“是何人在此喧哗？”大众闻呼，慌忙整衣向前。悟空也现了本相，杂在丛中道：“启上尊师，我等在此会讲，不敢喧哗。”祖师怒喝道：“你等大呼小叫，全不像个修行的体段！

修行的人，口开神气散，舌动是非生。如何在此嚷笑？”大众道：“不敢瞒师父，适才孙悟空演变化耍子。教他变棵松树，果然是棵松树，弟子们俱称扬喝采，故高声惊冒尊师，望乞恕罪。”祖师道：“你等起去。”叫：“悟空，过来！我问你弄甚么精神，变甚么松树？这个工夫，可好在人前卖弄？假如你见别人有，不要求他？别人见你有，必然求你。你若畏祸，只得传他；若不传他，必然加害，你之性命又不可保。”悟空叩道：“只望师父恕罪！”祖师道：“我也不罪你，但只是你去罢。”悟空闻言，满眼堕泪道：“师父，教我往那里去？”祖师道：“你从那里来，便从那里去就是了。”悟空顿然醒悟道：“我自东胜神洲傲来国花果山水帘洞来的。”祖师道：“你快回去，全你性命，若在此间，断然难容！”悟空只得领罪拜辞，与众相别。

这段是大警世之学！口开神气散，舌动是非生。平日修身立己，一定是要谨言慎行。不能在人前卖弄，这一点我们平时一定要注意。不能卖弄，无论是卖弄精神，还是卖弄富贵，或是卖弄珍宝，都是要慎重的！太上言：“人之所畏，不可不畏。”正是此意！世间法不可不知，世间法真是无上甚深法！只有在淤泥中，才可以开出最圣洁的莲花。可惜世人往往不知，老是以为出世法玄妙，其实真的不然。你从哪里来，便从哪里去，是寓意从东而来，还回东而去，返本归根矣！这里与禅宗弘忍传法慧能，连夜送其离开，喻意相同，看似在赶悟空走，其实是在成就悟空。

17. 谁是混世魔王

悟空纵起筋斗云，直至花果山。众猴前来叩头叫道："大王，你好宽心，怎么一去许久？把我们俱闪在这里，望你诚如饥渴！近来被一妖魔强要占我们洞府，我等舍死忘生，与他争斗。这些时被那厮捉了许多子侄。大王若再不回来，我等连山洞尽属他人矣！"悟空闻说，大怒道："是甚么妖魔，辄敢无状！待我寻他报仇。"众猴道："那厮自称混世魔王，住居在直北上。"悟空道："此间到他那里，有多少路程？"众猴道："他来时云，去时雾，不知有多少路。"悟空道："既如此，等我寻他去来！"

猴王将身一纵跳起去，一路筋斗，直至北下观看，见一座高山，十分险峻：

笔峰挺立透空霄，曲涧深沉通地户。

乃是三界坎源山，滋养五行水脏府！

美猴王正默看景致，只听得有人言语。即下山寻觅，原来那陡崖之前，有个水脏洞。门外有几个小妖跳舞，见了悟空就走。悟空道："休走！我乃正南方花果山水帘洞洞主。你家甚么混世鸟魔，屡次欺我儿孙，我特与他见个上下！"

悟空不在家，妖魔来强占洞府。悟空喻指心里脉舍之神。心神要是走了不在家，就是心猿意马了，就是良心受蒙蔽了，就是负能量当家，正能量退位，内心走了主人公。主人公一丢失，“混世魔王”就来你心里当家了，可不大畏！例如有人为了发财，奶粉里加三聚氢氨，旧皮鞋做胶囊，地沟油提炼当油卖。开工厂为节约成本多挣钱，把工业废水排去污染水源。食品里加大量添加剂，放一个月都在反复热给顾客食用。诸如此类都是内心走了主人公，“混世魔王”来占了内心洞府。

这一段不但言及心性，还隐含着身命之功。妖魔自称混世魔王，住居在直北上。北，在周易卦象里对应坎宫。坎宫代表着人身肾脏。直北混世魔王，明示坎宫肾精不可用。肾中阴精是后天交感之精，是后天至阴浊水，非先天至阳清水。混世魔王到南方强占水帘洞，捉去许多猴子，喻心不明，真假不分，是非不明，强在心肾上用功夫，就认为是心肾相交，或认为是还精补脑等等，如此种种真是自欺欺人。悟空自称正南方花果山水帘洞洞主，可知真水在南不在北，不能以假混真也。故此混世魔王必是要遭杀，遭杀喻示除去不用。

18. 烧干水脏洞

悟空找到魔王，那魔王被悟空几下筋节，把他打重了。他闪过，拿起那板大的钢刀，望悟空劈头就砍。悟空急撤身，他砍了一个空。悟空即使身外身法，拔一把毫毛，丢在口中嚼碎，望空中喷去，叫一声"变"！即变做三二百个小猴，周围攒簇。

原来这猴王自从了道之后，身上有八万四千毛羽，根根能变，应物随心。那些小猴，眼乖跳疾，左来砍不着，右砍不能伤。你看他前踊后跃，钻上去，把个魔王围绕，抱的抱，扯的扯，钻裆扳脚，挦毛抠眼，直打做一个攒盘。悟空才去夺得他的刀来，分开小猴，照顶门一下，砍为两段。领众杀进洞中，将那大小妖精，尽皆剿灭。却把毫毛一抖，收上身来。又见那收不上身者，却是那魔王在水帘洞中擒去的小猴，约有三五十个。悟空道："你们都出去。"随即洞里放起火来，把那水脏洞烧得枯干，尽归了一体。对众猴道："汝等跟我回去。你们都合了眼，休怕。"

悟空找到了魔王，杀了魔王，救回被擒去的小猴，并把魔王身边的大小妖精，尽皆剿灭。又在魔王洞里放起火来，把那水脏洞，烧得枯干尽归了一体。这一段是在明示我们，对待内心的负能量，对待内心的妄知、妄念、妄见，对待内心的"妖怪"，就得毫不留情地赶尽杀绝。负能量一消，"妖怪"一死，人方能找回那原本的真善美。张三丰的《无根树·七》言："防猿马，劣更顽，挂起娘生铁面颜。提出青龙真宝剑，摘尽墙头朵朵鲜。"正是此意。

19. 东海龙宫

悟空自剿了混世魔王，夺了一口大刀，逐日教小猴们操练武艺。又闯入傲来国兵器馆武库中，带回诸多兵器，分与众候操练。如此声势早惊动满山怪兽，各样妖王，共有七十二洞，都来参拜猴王为尊。猴王嫌刀着实狼犺，不遂心意。四猴进谏道："大王，我们这铁板桥下，水通东海龙宫。大王若肯下去，寻着老龙王，问他要件兵器，却不趁心？"悟空闻言甚喜道："等我去来。"

即跳至桥头，使一个闭水法，捻着诀，扑的钻入波中，分开水路，径入东洋海底，去向龙王讨要兵器，龙王不好推辞，即着鳜都司取出一把大杆刀奉上。悟空道："老孙不会使刀，乞另赐一件。"龙王又着鲌太尉、鳝力士，抬出一捍九股叉来。悟空跳下来，接在手中，使了一路，放下道："轻！轻！轻！又不趁手！再乞另赐一件。"龙王笑道："上仙，你不看这叉有三千六百斤重哩！"悟空道："不趁手！不趁手！"龙王心中恐惧，又着鳊提督、鲤总兵抬出一柄画杆方天戟，那戟有七千二百斤重。悟空接在手中，丢几个架子，撒两个解数，插在中间道："也还轻！轻！轻！"老龙王一发害怕道："上仙，我宫中只有这根戟重，再没甚么兵器了。”悟空笑道：“古人云：‘愁海龙王没宝哩！’你再去寻寻看。若有可意的，一一奉价。”龙王道：“委的再无。”

之前的水帘洞章节提到过，水帘洞、铁板桥是在喻示我们人身的下丹田。铁板桥之水倒流喻炼精化气，精气内固。铁板桥水通东海龙宫，这个海喻指我们人体当中的肾海。肾为气海，肾中有真阳之气，是人身先天之本。气海中真是不愁没宝，就看怎么去开发。九股叉三千六百斤，三百六十度太阳黄道度数。方天戟七千二百斤，七十二候，太阳黄道天地阴阳造化。七十二候天地阴阳二气来回交替，人身气机之循环进退也。三兵器不用是指天地造化之二气、人身不能凭空而得，想要得到需要心法，故此引出后面章节。

20. 圣人的金箍棒

正说处，后面闪过龙婆、龙女道：“大王，观看此圣，决非小可。我们这海藏中，那一块天河定底的神珍铁，这几日霞光艳艳，瑞气腾腾，敢莫是该出现，遇此圣也?”龙王道：“那是大禹治水之时，定江海浅深的一个定子，是一块神铁，能中何用?”龙婆道：“莫管他用不用，且送与他，凭他怎么改造，送出宫门便了。”老龙王依言，尽向悟空说了。悟空道：“拿出来我看。”龙王摇手道：“扛不动！抬不动！须上仙亲自去看。”悟空道：“你引我去。”龙王引至海藏中间，忽见金光万道。龙王指道：“那放光的便是。”悟空撩衣上前，摸了一把，乃是一根铁柱子，约有斗来粗，二丈有余长。他尽力两手挝过道：“忒粗忒长些！再短细些方可用。”说毕，那宝贝就短了几尺，细了一围。悟空又颠一颠道：“再细些更好！”那宝贝真个又细了几分。悟空十分欢喜，拿出海藏看时，原来两头是两个金箍，中间乃一段乌铁；紧挨箍有镌成的一行字，唤做“如意金箍棒，重一万三千五百斤。”心中暗喜道：“想必这宝贝如人意！”一边走，一边心思口念，手颠着道：“再短细些更妙！”拿出外面，只有丈二长短，碗口粗细。

你看他弄神通，丢开解数，打转水晶宫里。吓得老龙王胆战心惊，小龙王魂飞魄散；龟鳖鼋鼍皆缩颈，鱼虾鳌蟹尽藏头。悟空将宝贝执在手中，坐在水晶宫殿上。对龙王笑道：“多谢贤邻厚意。还有一说，当时若无此铁，倒也罢了；如今手中既拿着他，身上更无衣服相趁。你这里若有披挂，索性送我一件，一总奉谢。”龙王道：“这个却是没有。”悟空道：“‘一客不犯二主。’若没有，我也定不出此门。”龙王道：“烦上仙再转一海，或者有之。”悟空又道：“‘走三家不如坐一家。’千万告求一件。”” 龙王道：“委的没有；如有即当奉承。”

金箍棒重一万三千五百斤，对应人身一呼一吸，日夜一万三千五百息。神珍铁是大禹治水时定江海深浅的一个定子、一块神铁。

我们人的心是充满欲望的，形容人心欲望的词语非常之多，比如欲火焚身、欲壑难填。欲壑难填，烦恼就犹如波涛滚滚吞噬人心，如此人心即无一刻安歇，即无一刻自在。故我们的身心需要一根定海神针来定住欲海、定住身心。一个定子、一块神铁，喻惟精惟一也。惟精惟一者，圣人传心法诀。上古圣君舜传禹十六字心传："天下惟微，人心惟危，惟精惟一，允执厥中。"

一客不烦二主，实言身心性命功夫是不二法门。走三家不如坐一家，千万告求一件，喻三家总属一家，万件总归一件，最后身心性命合一，方为了道。道德真言《老子》云："昔之得一者，天得一以清，地得一以宁，神得一以灵，谷得一以盈，侯王得一而以为正。"

悟空下东海龙宫寻宝。精气神可谓人身之本、人身之宝。寻宝时心性要惟精惟一，方能寻得。

21. 衣甲相称

悟空道："真个没有，就和你试试此铁！"龙王慌了，道："上仙，切莫动手！待我看舍弟处可有，当送一副。"悟空道："令弟何在？"龙王道："舍弟乃南海龙王敖钦、北海龙王敖顺、西海龙王敖闰是也。"悟空道："我老孙不去！不去！俗语谓'赊三不敌见二'，只望你随高就低的送一副便了。"老龙道：

“不须上仙去。我这里有一面铁鼓，一口金钟，凡有紧急事，擂得鼓响，撞得钟鸣，舍弟们就顷刻而至。”龙王随即招来三兄弟，一番商议后决定凑副披挂与悟空，打发他出了门，启表奏上上天，让天来诛之。敖顺拿出一双藕丝步云履，敖闰拿出一副锁子黄金甲，敖钦拿出一顶凤翅紫金冠。

老龙大喜，引入水晶宫相见了，以此奉上。悟空将金冠、金甲、云履都穿戴停当，使动如意棒，一路打出去，对众龙道：“聒噪！聒噪！”四海龙王甚是不平，一边商议进表上奏不题。

随高就低的送一副便了，是喻示我们身心要顺应一切外相、外物不执著矣。将龙王所赠之金冠、金甲、云履都穿戴停当，是指修身做功夫要从头到脚，实实在在地去实践也。

22. 金箍棒上天入地

这猴王分开水道，径回铁板桥头，撺将上去，只见众猴都在桥边等待。忽然见悟空跳出波外，身上更无一点水湿，金灿灿的走上桥来。唬得众猴一齐跪下道：“大王，好华彩耶！”悟空满面春风，高登宝座，将铁棒竖在当中。那些猴不知好歹，都来拿那宝贝，却便似蜻蜓撼铁柱，分毫也不能动。一个个咬指伸舌道："爷爷呀！这般重，亏你怎的拿来也！"悟空近前，舒开手，一把挝起，对众笑道："物各有主。这宝贝于海藏中，也不知几千百年，可可的今岁放光。龙王只认做是块黑铁，又唤做天河镇底神珍。那厮们都扛抬不动，请我亲自去拿。那时此宝有二丈多长，斗来粗细；我意思嫌大，他就小了许多；再教小些，他又小了许多。上有一行字，乃'如意金箍棒，一万三千五百斤。'你都站开，等我再叫他变一变看。"他将那宝贝颠在手中，叫："小！小！小！"即时就小做一个绣花针儿相似，可以揌在耳朵里面藏下。

众猴骇然道："大王！还拿出来耍耍！"猴王真个去耳朵里拿出，托放掌上叫："大！大！大！"即又大做斗来粗细，二丈长短。他弄到欢喜处，跳上出洞外，将宝贝攥在手中，使一个法天像地的神通，把腰一躬，叫声"长！"他就长的高万丈，头如泰山，腰如峻岭，眼如闪电，口似血盆，牙如剑戟；手中那棒，上抵三十三天，下至十八层地狱，把七十二洞妖王，都吓得磕头拜礼，战战兢兢。霎时收了法像，将宝贝还变做个绣花针儿，藏在耳内，复归洞府。

金箍棒上抵三十三天，下至十八层地狱，小能变绣花针，藏耳内。如此金箍棒就是，能顶到天顶头，能插到最地底，有多长根本没办法量，居然还能小到放耳朵里。认真想想这能是兵器吗？世上有这样的兵器吗？真有这样的兵器拿在手上，也不能动不动就被妖怪打败，也不能动不动被妖怪把兵器收走啊。

也有人说金箍棒是在喻男人的阳根。男人一冲动，肯定要大闹天宫，色迷心窍的。这种观点初看还有点道理，细想一下只能是又可笑又滑稽的观点。试想一下，世上哪个男人的“那个”能上抵三十三天，下至十八层地狱？就算作者要通过情节喻示什么，也不可能这样表达啊，这样完全是不合逻辑的。

其实，金箍棒除了喻圣人传心法决，惟精惟一外，的确还藏有另外的玄机。一是儒家心法大道之妙，散之则弥六合，卷之则退藏于密。我们的心确实是如此微妙。金箍棒还有另一层含义是代表元气、真阳之气。金箍棒是从铁板桥、下丹田下到东海肾水气海中而得的。这股元气是人身之本，元气亦是人体生命的定海神针。人身一旦失去元气，生命瞬间就会枯竭。

人身元气是来自天地元气，天地元气是天地万物之本，故能上抵三十三天，下至十八层地狱。人身元气藏在气海里，气海归肾。肾开窍于耳，所以金箍棒藏在耳内，岂不是如意？故称为如意金箍棒。

23. 生死簿

一日，在本洞安排筵宴，请六王赴饮，吃得酩酊大醉。送六王出去，倚在铁板桥边松阴之下，霎时间睡着。被两个勾死人勾至幽冥界。那两个勾死人只管扯扯拉拉，定要拖他进去。

那猴王恼起性来，耳朵中掣出宝贝，幌一幌，碗来粗细；略举手，把两个勾死人打为肉酱。自解其索，丢开手，轮着棒，打入城中。唬得那牛头东躲西藏，马面南奔北跑，十殿冥王不敢招惹悟空。悟空让十殿冥王取来生死簿查看，十王闻言，即请上殿查看。

悟空执着如意棒，径登森罗殿上，正中间南面坐下，命掌案的判官取出文簿来，十类中逐一查看。蠃虫、毛虫、羽虫、昆虫、鳞介之属，俱无他名。又看到猴属之类，原来这猴似人相，不入人名；似走兽，不伏麒麟管；似飞禽，不受凤凰辖。另有个簿子，悟空亲自检阅，直到那‘魂’字一千三百五十号上，方注着‘孙悟空’名字，乃天产石猴，该寿三百四十二岁，善终。悟空道：“我也不记寿数几何，且只消了名字便罢！”取笔过来，饱掭浓墨，把猴属之类，但有名者，一概勾之。捽下簿子道：“了帐！了帐！今番不伏你管了！”

这里六王代表六根，即眼、耳、鼻、舌、身、意。请六王赴饮，吃得酩酊大醉，送六王出去，是六根妄动，六贼猖獗，故被勾死人勾至幽冥界。

勾死人者，喻人心也。两个勾死人，六根妄动人心生二心矣。人心有善有恶，是非相杂，日夜不休，欲望横飞，不知所止，最终皆被自身两个勾死人勾去，难逃阎君之手。悟空这里喻真心，悟空代表心神，神有先天后天之分。

先天者，是元神，是真如妙心，是天命之性。元，《周易·文言·乾》言有善、始之意。元神是最本源、最善的心。后天者是识神，是二心。《亢仓子》云："知而辩知谓之识。"识神是分辨之心，是二心。道家识神、儒家理学称之为气质之性，释家则可理解为心识之第七识、末那识。

悟空把两个勾死人打为肉酱，是指悟空弃后天人心，去后天二心而返先天真心。这同时也是作者通过悟空在告诫我们放下人心二心，就是打死勾死人。可见勾死人之索，要自己解开方可。寻得真心放下二心，勾死人之索自解。索一解，先天元神归位，后天识神退位。

悟空查得"魂字一千三百五十号"，与金箍棒数同是一三五之数，《参同契》言："三五与一，天地至精，可以口诀，难以书传。"三五归一，放下二心，找回真心、五行攒簇。三五归一，俨然了道，故能一概勾之，了帐！了帐！今番不伏你管了。

24. 弼马温

东海龙王敖广上天庭，进表玉帝状告悟空，乞玉帝遣天兵收此妖孽。冥司秦广王亦上天庭，携幽冥教主地藏王菩萨表文；向玉帝状告悟空，伏乞调遣神兵收降此妖。玉帝要遣神将下界收服，班中闪出太白长庚星启奏："可念生化之慈恩，降一道招安圣旨，把他宣来上界，授他一个大小官职，拘束此间。若受天命，后再升赏；若违天命，就此擒拿。一则不动众劳师，二则收仙有道也。”玉帝甚喜，道：“依卿所奏。”即着文曲星官修诏，着太白金星招安。金星领旨下界，带悟空上天庭，悟空上天受封弼马温。玉帝又差木德星官送他去御马监上任。

弼马上任后昼夜不睡，滋养马匹。那些天马见了他，泯耳攒蹄，到养得肉肥膘满。不觉的半月有馀。

猴王后知弼马温乃是未入流的没品官，大怒，把公案推倒，耳中取出宝贝，幌一幌，碗来粗细，一路直打出御马监，径至南天门。众天丁知他受了仙箓，乃是个弼马温，不敢阻当，让他打出天门去了。

为什么不说养别的？非得养马？马地支是午，午五行属火。午又是配入周易的离卦，火五行主心。人心火炎上，欲望横飞；修身正是修正身心，去心火去欲望。悟空在御马监里养马半月余，半月是十五，十五月亮最圆满。半月有余，月圆而缺，此阳之极是偏离中道不可为之，故要推倒公案。

公案是古代官府中判决是非的案例。后禅宗将历代祖师的言行记录下来，认为历代宗门祖师典范性的言行可以判别学人的是非迷悟，故亦称公案。后世禅宗把公案作为坐禅者的指示，或修行坐禅者的座右铭。禅宗立教以不立文字，见性成佛为旨。慧能之后，五宗七派各振宗风，禅宗鼎盛一时。可惜风景再好，也难免有黄昏时节。鼎盛之后便是万千公案，口头三昧风气盛行。做功夫皆溺于文字，迷于公案，真正的禅宗开始走向了没落。悟空在这里推倒公案，让我们不要太迷于公案，一迷就会陷入执著，故而推倒公案返归中道。

25. 齐天大圣

猴王下界，自封齐天大圣，玉帝知之，遣托塔李天王李靖为降魔大元帅，哪吒三太子为三坛海会大神，下界擒拿悟空。巨灵神为先锋战败，哪吒也战败，李天王无奈遂与三太子回天直至灵霄宝殿，启奏道："臣等奉圣旨出师，收伏妖仙孙悟空，不期他神通广大，不能取胜，仍望万岁添兵剿除。"玉帝道："谅一妖猴，有多少本事，还要添兵？"太子又奏道："望万岁赦臣死罪！那妖猴使一条铁棒，先败了巨灵神，又打伤臣臂膊。洞门外立一竿旗，上书'齐天大圣'四字，道是封他这官职，即便休兵；若不然，还要打上灵霄宝殿也。"玉帝闻言，惊讶道："这妖猴何敢这般狂妄！着众将即刻诛之。"正说间，班部中又闪出太白金星，奏道："那妖猴只知出言，不知大小。欲加兵与他争斗，想一时不能收伏，反又劳师。万岁不若大舍恩慈，还降招安旨意，就教他做个齐天大圣。只是加他个空衔，有官无禄便了。”玉帝道：“何为‘有官无禄’？”金星道：“名是齐天大圣，只不与他事管，不与他俸禄，且养在天壤之间，收他的邪心，使不生狂妄，庶乾坤安靖，海宇得清宁也。”玉帝闻言道：“依卿所奏。”即命降了诏书，仍着金星领去。

金星领旨下界带悟空上天庭受封，悟空上天。玉帝道：“孙悟空过来。今宣你做个‘齐天大圣’，官品极矣，但切不可妄为。”这猴亦只朝上唱个喏，道声“谢恩”。玉帝即命工干官张、鲁二班在蟠桃园右首，起一座齐天大圣府，府内设个二司：一名安静司，一名宁神司。俱有仙吏，左右扶持。

“齐天大圣”文化，可谓我们传统文化中一种重要的文化。“齐天大圣”文化就是我们国人常常说起的天人合一。与天合一，天就是我，我就是天，天人合一，我与天齐。《庄子·齐物论》言：“天地与我并生，而万物与我为一。”《黄帝内经·素问》言：“提挈天地，把握阴阳。”均是此旨！府内设有安静司、宁神司，是接上文而言。养马半月有余，阳极而亢，宜收心安静宁神，使心归于清净无为。清净无为，才能与天合一！

26. 王母蟠桃

大圣受了“齐天”封号，每日或东游或西荡，会友游宫，交朋结义，一日早朝许旌阳真人奏玉帝给一事齐天大圣管，以免其无事生非，玉帝让大圣全管蟠桃园，大圣欢喜谢恩，朝上唱喏而退。他即入蟠桃园内查勘。本园中有个土地拦住，问道："大圣何往?"大圣道："吾奉玉帝委托，代管蟠桃园，今来查勘也。"那土地连忙施礼，即呼那一班力士，都来见大圣磕头，引他进去。但见那：

夭夭灼灼桃盈树，历历累累果压枝。

不是玄都凡俗种，瑶池王母自栽培。

大圣看玩多时，问土地道："此树有多少株数?"土地道："有三千六百株：前面一千二百株，花微果小，三千年一熟，人吃了成仙了道，体健身轻；中间一千二百株，层花甘实，六千年一熟，人吃了霞举飞升，长生不老；后面一千二百株，紫纹细核，九千年一熟，人吃了与天地齐寿，日月同庚。"大圣闻言，欢喜无限，当日查明了回府。自此后，三五日一次赏玩，也不交友，也不他游。

一日，见那老树枝头，桃熟大半，他心里要吃个尝新。奈何本园土地、力士并齐天府仙吏紧随不便，忽设一计道："汝等且出门外伺候，让我在这亭上少憩片时。"那众仙果退。只见那猴王脱了冠服，爬上大树，拣那熟透的大桃，摘了许多，就在树枝上自在受用。吃了一饱，却才跳下树来，簪冠着服，唤众等仪从回府。迟三二日，又去设法偷桃，尽他享用。

蟠桃三千六百株分成了三份，每份一千二百株，并且分成前中后三份，喻指我们人身蕴藏着三份大宝藏。这三份宝藏就是人身的精、气、神。而精、气、神就藏在人身的上、中、下丹田里，这三个丹田实是我们人身的动力之源。因此，我们每个人身上其实都有一个蟠桃园，只在于你知不知道去找。

前面一千二百株，花微果小，三千年一熟，人吃了成仙了道，体健身轻，喻炼精化气为初乘、初关。

中间一千二百株，层花甘实，六千年一熟，人吃了霞举飞升，长生不老，喻炼气化神为中乘、中关。

后面一千二百株，紫纹细核，九千年一熟，人吃了与天地齐寿，日月同庚，喻炼神还虚为上乘、上关。

三关不但道家提及，释门禅宗也提及，初关破本参，中关破重关，上关破末后关。

大圣闻言，欢喜无限，当日查明了回府，是喻修身做功夫得有时节，有前后进退之机。

三五日一次赏玩，喻指三五合一，才能元气充盈。白话一点就是指：我们人身元气动静有其时，生命元气有其运行的自然运化之机，不可人力操控和强为，应顺其自然之流行，元气才能真正充盈。

见了桃子想要尝鲜，忽设一计，使仙吏出外，自己摘桃受用，是言人身精气神，用之不可见，见之不可用，全在密行下手。迟三二日，又去设法偷桃，尽他享用。二三相加为五，五是中央土，喻修身做功夫，终是要守中抱一，方是大本。

27. 老君的金丹

王母开蟠桃会，七仙女来蟠桃园摘桃，惊醒悟空。悟空得知蟠桃会没有请他，定住七仙女，往瑶池路上奔去，遇赤脚大仙，哄骗赤脚大仙去通明殿，自己变成赤脚大仙模样，前去瑶池，偷饮玉液琼浆，不觉喝醉，要回府中睡去，不想把路差了；不是齐天府，却是兜率天宫。一见了，顿然醒悟道：“兜率宫是三十三天之上，乃离恨天太上老君之处，如何错到此间？——也罢！也罢！一向要来望此老，不曾得来，今趁此残步，就望他一望也好。”即整衣进去，不见一人。原来那老君与燃灯古佛在三层高阁朱丹陵台上讲道，众仙童与官吏都侍立左右听讲。这大圣直至丹房里面，寻访不遇，但见丹灶之旁，安放着五个葫芦，葫芦里都是炼就的金丹。大圣喜道：“此物乃仙家至宝，老孙自了道以来，识破了内外相同之理，也要炼些金丹济人，不期到家无暇；今日有缘，却又撞着此物，趁老子不在，等我吃他几丸尝新。”他就把那葫芦都倾出来，就都吃了，如吃炒豆相似。一时间丹满酒醒，又自揣道：“不好！不好！这场祸，比天还大；若惊动玉帝，性命难存。走！走！走！不如下界为王去也！”

悟空喝醉误走兜率天宫，一见了，顿然醒悟道："兜率宫是三十三天之上，乃离恨天太上老君之处，如何错到此间?"这里的太上老君喻指"道"之本体。只有人心无为，才能见道之本来面目，若人心有为地追求，必会越追越远。

今趁此残步，就望他一望也好。即整衣进去，不见一人。原来那老君与燃灯古佛在三层高阁朱丹陵台上讲道，众仙童与官吏都侍立左右听讲。这里太上老君与燃灯古佛讲道，而悟空未见，是教人修身做功夫不要太著相于言语与文字，才能真正见"道"之真谛。用孟子的话说就是："不以文害辞，不以辞害志。"只有见了"道"之真谛，才能启动人身造化之炉，此造化为"道"之所有，如此才能吃到老君的金丹。

这里，盗老君金丹与上面偷蟠桃其实是同一旨。蟠桃九千年一熟，老君金丹是九转金丹，可谓九九归一，与道合真。盗仙丹是偷蟠桃的引申而已。蟠桃、金丹喻先天一气。此气生于天地之先，是天地之本。人身若得此气，即能窃阴阳夺造化转生死。《黄帝阴符》讲："其盗机也，天下莫能见，莫能知，君子得之故躬，小人得之轻命。"蟠桃、金丹宜秘密行之、盗之，不宜张扬惊动"玉帝"。惊动玉帝性命难存，喻此功夫是无为法，不能有为，有为必危殆!

28. 十万天兵代表什么

齐天大圣偷王母蟠桃，搅乱了"蟠桃大会"，偷吃了玉液琼浆，八珍佳肴，亦俱偷吃了。还偷了老君的“九转金丹”。得知搅乱天宫者，是齐天大圣，玉帝大恼。即差四大天王，协同李天王并哪吒太子，点二十八宿、九曜星官、十二元辰、五方揭谛、四值功曹、东西星斗、南北二神、五岳四渎、普天星相，共十万天兵，下界去花果山围困，捉获那厮处治。众神即时兴师，离了天宫。

李天王传下令，着众天兵扎了营，把那花果山围得水泄不通，上下布了十八架天罗地网，先差九曜恶星出战，九曜战败，李天王即调四大天王与二十八星宿一齐出师来斗，大圣又战败了五个天王击退了哪咤三太子。眼看十万天兵天将亦不能收伏悟空，观音举荐玉帝外甥显圣二郎真君来助，可擒那猴，玉帝即差大力鬼王前去传旨调兵，二郎真君收到旨意，立即带梅山六兄弟前来擒拿大圣。

天上有主宰阴阳的日月，有数不尽的星辰；有无所不在的风、雨、雷、电、云、雾、冰、雪，有主宰天地之气的五运六气。这些都可以形象地看成是宇宙主宰者“天帝”的十万天兵神将。

为何要对抗天兵天将？这点从传统的黄老之学去探究，就比较好理解。身心性命想要长生，就得抵御五运六气对人身生命的侵蚀。当然，不单是身心性命功夫，哪怕是我们日常生活中最普遍的养生文化，也是如此。

养生也是想少生病，想延缓衰老，想要青春活力，这些愿望都是需要把握好自然规律，把握好五运六气的。这些和五运六气做对抗的行动，可以形象地比喻描述为是在大战十万天兵天将！

29. 化胡的金刚琢

大力鬼王既调了真君与六兄弟提兵擒魔去后，却上界回奏。玉帝与观音、王母并众仙卿，正在灵霄殿讲话，道："既是二郎已去赴战，这一日还不见回报。"观音合掌道："贫僧请陛下同道祖出南天门外，亲去看看虚实何如？"玉帝道："言之有理。"即摆驾，同至南天门，开门遥观。只见众天丁布罗网，围住四面；李天王与哪吒，擎照妖镜，立在空中；真君把大圣围绕中间，纷纷赌斗哩。菩萨对老君说："贫僧所举二郎神如何？果有神通，已把那大圣围困，只是未得擒拿。我如今助他一功，决拿住他也。"老君道："菩萨将甚助他？"菩萨道："我将那净瓶杨柳抛下去，打那猴头；即不能打死，也打个一跌，教二郎小圣，好去拿他。"老君道："你这瓶是个磁器，倘打着他便好，如打不着他的头，或撞着他的铁棒，却不打碎了？你且莫动手，等我助他一功。"菩萨道："你有甚么兵器？"老君道："有，有。"捋起衣袖，左膊上，取下一个圈子，说道："这件兵器，乃锟钢抟炼的，被我将还丹点成，养就一身灵气，善能变化，水火不侵，又能套诸物；一名'金钢琢'，又名'金钢套'。当年过函关，化胡为佛，甚是亏他。早晚最可防身。等我丢下去打他一下。”

菩萨净瓶杨柳枝，杨柳枝配入周易卦象为巽木。巽在周易卦象里也代表顺。做身心性命功夫，是不能顺五运六气流行的，顺五运六气流行，就容易生老病死。故杨柳枝净瓶，收伏不了悟空。

老君拿出“金钢琢”，又名“金钢套”。说当年过函关，化胡为佛，甚是亏他。这里容易被误读。汉代一度流行老子化胡说。释家早期传入中土，传扬不易，常依黄老道家而行。释家早期也认同此说，西晋时期更是出现了《老子化胡》一书。但随着释家在中土站稳脚跟，势力渐盛，就开始反过来攻击老子化胡说。坦白说，史书有记载老子西行，但其西行是不是去过天竺，史书上确实没有明确记载，因此我们不要去做置评。

作者在这里也不是要搞什么宗派斗争。这里的化胡为佛另有深意，金钢琢、金钢圆圈、太极圈矣。邵子言：“道为太极。”道生天地，道包含了整个宇宙虚空，道是天地之本。金刚是最坚固的物体，金刚琢喻最坚固、最圆满的道。

按释家的理论来讲，释迦摩尼是觉悟圆满的圣人。觉悟什么？觉悟真如实相！真如实相即是最坚固、最圆满的道！如此，金刚琢和释迦摩尼也就扯上关系了，这里金钢琢化胡为佛也就成立了。这只是作者在借象比喻而已，我们无需套入宗教情节。

这个金刚琢要按现在的哲学来讲，就是觉悟宇宙本体。法有万千，但理无二致。本体拿释家《华严》来讲，是毗卢遮那。本体在我们老百姓中，称之为老天爷。拿儒家来讲，为昊天上帝，简称昊天或上帝。

这里顺便提一下上帝，上帝本非西方词，这词是中国本土儒家词，上古时期就有了，《诗经》、《论语》里都有。但大约在明朝时期，西方传教士将其采用并到处宣传，加上我们今人读古书者少，故一听上帝就想到西方宗教。这样的情形，实是一个天大的误解，也实是我们文化的悲哀。

30. 天地人身八卦炉

悟空被老君金钢琢击中天灵，而被二郎真君兄弟七圣所抓，押至天庭斩妖台，绑在降妖柱上，刀斧枪剑，莫想伤及其身。放火煨烧，亦不能烧着。雷部众神，以雷楔钉打，越发不能伤损一毫。那大力鬼王与众无奈启奏玉帝，玉帝亦不知如何处治？太上老君奏道："那猴吃了蟠桃，饮了御酒，又盗了仙丹，我那五壶丹，有生有熟，被他都吃在肚里，运用三昧火，煅成一块，所以浑做金钢之躯，急不能伤。不若与老道领去，放在'八卦炉'中，以文武火煅炼。炼出我的丹来，他身自为灰烬矣。"玉帝闻言，即教六丁六甲，将他解下，付与老君。

那老君到兜率宫，将大圣解去绳索，放开琵琶骨，推入八卦炉中，命道人架火煅炼。原来那炉是乾、坎、艮、震、巽、离、坤、兑八卦。他即将身钻在“巽宫”位下。巽乃风也，有风则无火。只是风搅得烟来，把一双眼熏红了，弄做个老害眼病，故唤作“火眼金睛”。

真个光阴迅速，不觉七七四十九日，老君的火候俱全。忽一日，开炉取丹，那大圣双手捂着眼，正自揉搓流涕，只听得炉头声响。猛睁睛看见光明，他就忍不住，将身一纵，跳出丹炉，忽喇的一声，蹬倒八卦炉，往外就走。慌得那架火、看炉，与丁甲一班人来扯，被他一个个都放倒，好似癫痫的白额虎，风狂的独角龙。老君赶上抓一把，被他一摔，摔了个倒栽葱，脱身走了。

道家常将人身比喻为八卦炉，或将天地比喻成八卦炉。炉中有火候，火有文火有武火。在做身命功夫时，把人体真气游动的气机称之为火候。悟空将身钻在巽宫位下，巽卦代表顺与柔，喻人身精气冲动盘旋时，只能顺气而动，心神不可强意去催动，强催容易走火。悟空四十九日出八卦炉后，老君抓他摔了个倒栽葱，喻身命功夫火候气足，不为造化所拘，不为肉身所累。

31. 为什么要大闹天宫

大圣即去耳中掣出如意棒，迎风幌一幌，碗来粗细，依然拿在手中，不分好歹，却又大乱天宫。打得那九曜星闭门闭户，四天王无影无形。好猴精！这一番，那猴王不分上下，使铁棒东打西敌，更无一人可敌。直打到通明殿里，灵霄殿外。幸有佑圣真君的佐使王灵官直殿。他见大圣纵横，掣金鞭近前挡住道："泼猴何往！有吾在此切莫猖狂！"这大圣不由分说，举棒就打。那灵官急起相迎。两个在灵霄殿前，斗在一处，胜败未分。早有佑圣真君，又差将佐到雷府，调三十六员雷将齐来，把大圣围在垓心，各骋威鏖战。那大圣全无惧色，见那众将的刀枪剑戟来的甚紧，他即摇身一变，变做三头六臂；把如意棒幌一幌，变作三条；六只手使开三条棒，好似纺车儿一般，滴流流，在那核心里飞舞，众雷神莫能相近。

当时众圣把大圣攒在一处，却不能近身，乱嚷乱斗，早惊动玉帝。遂传旨：着游弈灵官同翊圣真君，上西方请佛老降伏。

天宫代表天道循环，"玉帝"是天地之主宰，众神将代表天地之气。悟空是心里脉舍之神，人身心脉之气，定是得受天地之气影响，但身心性命功夫却是要窃阴阳夺造化。《黄帝阴符》言："其盗机也，天下莫能见，莫能知。"

张三丰言："顺生凡，逆则仙，只在中间颠倒颠。"按《西游记》之意，只要我们内心觉悟，见得灵台方寸，我们个个都是"神仙"。

张三丰在《玄机直讲》又言："五行顺则法界火坑，五行逆则大地七宝。"顺天则五运六气流行，人会生老病死。逆天则我命在我不属天地。逆是修身做功夫的一种比喻，通俗一点来说就是生命逆生长。生命要逆生长，就要把握好“玉帝”，就要把握好“如来”。故玉帝差神将，请如来驾临。

32. 大圣与如来的对话

二圣得了旨，径到灵山胜境，雷音宝刹去特请佛祖救驾。如来闻说，即对众菩萨道：“汝等在此稳坐法堂，待我炼魔救驾去来。”

又唤阿傩、迦叶二尊者相随，离了雷音，径至灵霄门外。大圣与如来一番对话后，如来呵呵冷笑道：“你那厮乃是个猴子成精，怎敢欺心，要夺玉皇上帝尊位？他自幼修持，苦历过一千五百五十劫。每劫该十二万九千六百年。你算，他该多少年数，方能享受此无极大道？你那个初世为人的畜生，如何出此大言！不当人子！不当人子！折了你的寿算！趁早皈依，切莫胡说！但恐遭了毒手，性命顷刻而休，可惜了你的本来面目！”大圣道：“他虽年劫修长，也不应久住在此。常言道：‘交椅轮流做，明年是我尊。’只教他搬出去，将天宫让与我，便罢了。若还不让，定要搅乱，不得清平！”佛祖道：“你除了长生变化之法，再有何能，敢占天宫胜境？”大圣道：“我的本事多哩！我有七十二般变化，万劫不老长生。会驾筋斗云，一纵十万八千里。如何坐不得天位？”佛祖道：“我与你打个赌赛：你若有本事，一筋斗打出我这右手掌中，算你赢，再不用动刀兵苦争战，就请玉帝到西方居住，把天宫让你；若不能打出手掌，你还下界为妖，再修几劫，却来争吵。”

每劫该十二万九千六百年。邵康节先生《皇极经世》中之一元之数也。前面言大闹天宫，是修身做功夫生命逆生长，逆生长的不但是身命，还要包括心性。

趁早皈依，切莫胡说。是暗示修身做功夫，逆行可不是要彻底背离大道，去逆天而行，这点千万不能搞错。逆行是不背离道，而窃阴阳夺造化转生死。

打个通俗的比喻来说吧，我们的身体需要养生滋补，滋补是积极的行动，是想让生命有活力，活力充足才能延缓衰老。这就是不背离道的逆向行为。但要是大热天的天天去滋补的话，就把滋补变成要命了。这就不是逆生长了，而是自残。这就是背离道的逆向行为。

因此不背离道的逆向行为，才是真皈依。皈依是皈依大道，皈依自性，而不是著相去皈依某人或某物，禅宗亦是如此言说。

但恐遭了毒手，性命顷刻而休，可惜了你的本来面目！本来面目指人心中的真如本性，这里喻示背离大道，背离真理实相的方法是不可取的。

你除了长生变化之法，再有何能，敢占天宫胜境？这里指身命功夫如有所成，还应再回头入手心性功夫，方是圆满。《庄子》所谓："摄精神而长生，忘精神而无生。"

33. 五行山的玄机

那大圣决定与如来赌赛，遂收了如意棒，抖擞神威，将身一纵，站在佛祖手心里，却道声："我去也！"你看他一路云光，无影无形去了。佛祖慧眼观看，见那猴王风车子一般相似不住，只管前进。大圣行时，忽见有五根肉红柱子，撑着一股青气。他道："此间乃尽头路了。这番回去，如来作证，灵霄宫定是我坐也。"又思量说："且住！等我留下些记号，方好与如来说话。"拔下一根毫毛，吹口仙气，叫"变"，变作一管浓墨双毫笔，在那中间柱子上写一行大字云："齐天大圣，到此一游。"写毕，收了毫毛。又不装尊，却在第一根柱子根下撒了一泡猴尿。翻转筋斗云，径回本处，站在如来掌内道："我已去，今来了。你教玉帝让天宫与我。"

如来骂道："我把你这个尿精猴子！你正好不曾离了我掌哩！"大圣道："你是不知。我去到天尽头，见五根肉红柱，撑着一股青气，我留个记在那里，你敢和我同去看么？"如来道：

"不消去，你只自低头看看。"那大圣睁圆火眼金睛，低头看时，原来佛祖右手中指写着："齐天大圣，到此一游。"大指丫里，还有些猴尿臊气。大圣吃了一惊道："有这等事！有这等事！我将此字写在撑天柱子上，如何却在他手指上？莫非有个未卜先知的法术？我决不信！不信！等我再去来！"好大圣，急纵身又要跳出，被佛祖翻掌一扑，把这猴王推出西天门外，将五指化作金、木、水、火、土五座联山，唤名"五行山"，轻轻的把他压住。众雷神与阿傩、迦叶，一个个合掌称扬道："善哉！善哉！"

悟空在中柱上写"齐天大圣到此一游"。此喻修身做功夫将心神归于中道，中庸之道。悟空代表心神，中间柱子喻中庸之道。历代圣人修身都不离中道。尧传舜曰："天之历数在尔躬，允执厥中。"释门当中，亦是非常重视中道的。

在第一根柱子根下，撒一泡猴尿。第一根柱子，喻无上一乘之妙道。猴尿，五行是水金，去水金不用之意。水金就是人身之精气。全旨明显是言：无上一乘妙道为中道。包括对于身上的真阳之气发动，心神也应守中，不能用贪念去催动。

佛祖手指化作金、木、水、火、土五座联山。五山成一山，是五气化作一气，五行攒簇和合四象也。悟空代表心神，心神落入五行一气之中，俨然喻示神气交融，合而为一。《老子》曰："得其一，万事毕。"精气神合而为一，就是返归太极。道家常形象地称此为"金丹"。

34. 玉帝与如来谁权力大

如来佛祖殄灭了妖猴，即唤阿傩、迦叶同转西方。时有天蓬、天佑急出灵霄宝殿道："请如来少待，我主大驾来也。"佛祖闻言，回首瞻仰。须臾，果见八景鸾舆，九光宝盖；声奏玄歌妙乐，咏哦无量神章；散宝花，喷真香，直至佛前谢曰："多蒙大法收灭妖邪。望如来少停一日，请诸仙做一会筵奉谢。"如来合掌谢道："老僧承大天尊宣命来此，有何法力？还是天尊与众神洪福，敢劳致谢？"玉帝传旨，即着雷部众神，分头请三清、四御、五老、六司、七元、八极、九曜、十都、千真万圣，来此赴会，同谢佛恩。又命四大天师、九天仙女，大开玉京金阙、太玄宝宫、洞阳玉馆，请如来高坐七宝灵台。调设各班坐位，安排龙肝凤髓，玉液蟠桃。

在《西游记》里，玉帝与如来到底谁权力大，这个问题相信会困住很多人。有人说玉帝权力大，有人说如来权力大。要说如来权力大，这里如来是来救驾的。要说玉帝权力大，有些人赞成，有些人反对。有些人想想干脆两个一样大吧。

那到底是谁权力大？还是一样大？我们暂且先放下疑虑，认真看下《西游记》中的细节。这里描述的如来与玉帝相遇，也不是电视剧拍的那样，如来高高坐在云彩上，玉帝站着仰视，而是佛祖闻知玉帝要前来，回首瞻仰等候。

玉帝至佛前谢曰："多蒙大法收灭妖邪。望如来少停一日，请诸仙做一会筵奉谢。"如来合掌谢道："老僧承大天尊宣命来此，有何法力？还是天尊与众神洪福，敢劳致谢？"这一段要明看，作者其实另有寓意，不是在讲宗教，否则会陷入宗教宗派的高低之争中，从而误解作者本意。

这里如来佛祖是人格化的形象描述，非真指释迦摩尼。《西游记》中的如来实指释家经典中之如来。《金刚》言："如来者。无所从来。亦无所去。故名如来。"无所从来，无所从去，按释家理论来讲，就是真如实相的表述。

这里玉帝也是人格化的形象描述，非指道教里的玉皇大帝。《尚书·商书·汤诰》言："惟皇上帝，降衷于下民。"降，便有主宰之意。故儒家理学讲："主宰者谓之帝。"这里玉帝是天道主宰的形象比喻。

从传统文化而言，真如实相我们可以称之为道。天道主宰也是道。道，用我们现代哲学的话来描述，就是宇宙万有之本体。如果更确切地一点来讲，可以说主宰者谓之帝是道之枢机。无所出来、无所从去之如来，是道之功用。两者都是道，是道的一体一用。如此，佛祖回首瞻仰等候玉帝，也就自然而然了。

35. 安天大会

不一时，众天尊、天神都来，向佛前拜献曰："感如来无量法力，收伏妖猴。蒙大天尊设宴，呼唤我等皆来陈谢。请如来将此会立一名，如何？"如来曰："可名为'安天大会'。"各仙老异口同声，俱道："好个'安天大会'！"言讫，各坐座位，走斝传觞，簪花鼓瑟，果好会也。众皆畅然，只见王母娘娘引一班仙子、仙娥、美姬、毛女飘飘荡荡舞向佛前，施礼曰："前被妖猴搅乱蟠桃嘉会，今蒙如来大法，链锁顽猴，喜庆'安天大会'。无物可谢，今是我净手亲摘大株蟠桃数颗奉献。"佛祖合掌向王母谢讫。王母又着仙姬、仙子唱的唱，舞的舞，觥筹交错。不多时，忽又闻得一阵异香，南极寿星又到。见玉帝礼毕，又见如来申谢曰："始闻那妖猴被老君引至兜率宫煅炼，以为必致平安，不期他又反出。幸如来善伏此怪，设宴奉谢，故此闻风而来。更无他物可献，特具紫芝、瑶草、碧藕、金丹奉上。"诗曰：

如来万寿若恒沙，丈六金身九品花。

无相门中真法王，色空天上是仙家

如来欣然领谢。寿星就座。只见赤脚大仙来至，向玉帝前礼毕，又对佛祖谢道："深感法力，降伏妖猴。无物可以表敬，特具交梨二颗，火枣数枚奉献。"如来又称谢了。叫阿傩、迦叶，将各所献之物，一一收起，方向玉帝前谢宴。

性是天性，命是天命。降心至无为，身心性命俱了，方为安天，方为大会！王母赠如来蟠桃，表性命长久坚固；南极仙翁赠仙丹，表精气神三者合一，凝结一气方成金丹；赤脚大仙赠交梨、火枣等，表早离二心，抱一守中，虚极静笃。这些皆是发微修身立命，发微"金丹"之意。

如来万寿若恒沙，丈六金身九品花。丈六，二八一斤之数；九品，纯阳之物，喻身命纯阳之气。

无相门中真法王，色空天上是仙家。无相是纯一不二，色空是无相无著。只有纯一不二，无相无著了，我们的心方能清净自然，方能成就自身法王。描述如来的诗句，亦是在阐述释道同真，身心性命释道互参。

36. 六个金字

只见个巡视灵官来报道："那大圣伸出头来了。"佛祖道："不妨，不妨。"袖中只抽出一张帖子，上有六个金字："唵、嘛、呢、叭、咪、吽。”递与阿傩，叫贴在那山顶上。这尊者即领帖子，拿出天门，到那五行山顶上，紧紧的贴在一块四方石上。那座山即生根合缝，随人呼吸，手可爬出，身却不能摇挣。阿傩回报道：“已将帖子贴了。”如来即辞了玉帝众神，与二尊者出天门之外，又发一个慈悲，念动真言咒语，将五行山召一尊土地神祇，会同五方揭谛，居住此山监押。但他饥时，与他铁丸子吃；渴时，与他溶化的铜汁饮。待他灾愆满日，自有人救他。

前面五行联山，金木水火土连成一气，五气朝元是道家炼气秘诀。此处是借用禅理，再次强调此中秘诀。六个金字“唵、嘛、呢、叭、咪、吽”是观世音菩萨的六字大明咒，代表观世音菩萨的微妙本心，故此六字亦可代表佛心，也就是我们的本心本性。微妙本心代表心性，五气朝元代表身命，刚好性命双修，五行攒簇，又正好释道并举，互相匹配。

《西游记》里凡是有借鉴释家的地方，均是借鉴释家言及心性，其余地方如再强用释家去解，就难免牵强附会了。

第四章 人的心是『唐僧』

1. 光蕊温娇

贞观十三年太宗登基，魏征丞相奏太宗，效古法招贤纳士，擢用人才以资化理。太宗准奏，招贤文榜，颁布天下各府州县，读书儒流齐赴长安应试。榜行到海州地方，有一人，姓陈名萼，表字光蕊，见了此榜，即时回家禀告母亲张氏，要上长安应试，母亲张氏应允，让其路上小心，得了官，早早回来。光蕊到长安正值大开选场，光蕊就进场，考毕中选，及廷试三策，唐王御笔亲赐状元，跨马游街三日。

不期游到丞相殷开山门首，有丞相所生一女，名唤温娇，又名满堂娇，未曾婚配，正高结彩楼，抛打绣球卜婿。适值陈光蕊在楼下经过，小姐一见光蕊人材出众，知是新科状元，心内十分欢喜，就将绣球抛下，恰打着光蕊的乌纱帽。猛听得一派笙箫细乐，十数个婢妾走下楼来，把光蕊马头挽住，迎状元入相府成婚。那丞相和夫人，即时出堂，唤宾人赞礼，将小姐配与光蕊。拜了天地，夫妻交拜毕，又拜了岳丈岳母。丞相吩咐安排酒席，欢饮一宵。二人同携素手，共入兰房。

陈者，有个东字，东在周易里代表震卦，此处与悟空出生在东胜神洲相呼应。光蕊，英华外达，真阳之气发动。殷温娇，殷与阴同音，又名满堂娇，满堂金之意。道家常把身内精气冲和，称为满堂金。光蕊真阳与温娇真阴结合，一阴一阳谓之道。

2. 金色鲤鱼

光蕊被太宗就命为江州州主，谢恩出朝，回到相府，与妻商议，拜辞岳丈岳母，同妻前赴江州之任。离了长安登途，正是暮春天气，和风吹柳绿，细雨点花红。光蕊便道回家，同妻交拜母亲张氏，顺道接取母亲，同去赴任。”张氏大喜，收拾行程。

在路数日，前至万花店刘小二家安下。张氏身体忽然染病，与光蕊道：“我身上不安，且在店中调养两日再去。”光蕊遵命。至次日早晨，见店门前有一人提着个金色鲤鱼叫卖，光蕊即将一贯钱买了，欲待烹与母亲吃，只见鲤鱼闪闪眨眼，光蕊惊异道：“闻说鱼蛇眨眼，必不是等闲之物！”遂问渔人道：“这鱼那里打来的？”渔人道：“离府十五里洪江内打来的。”光蕊就把鱼送在洪江里去放了生。回店对母亲道知此事，张氏道：“放生好事，我心甚喜。”光蕊道：“此店已住三日了，钦限紧急，孩儿意欲明日起身，不知母亲身体好否？”张氏道：“我身子不快，此时路上炎热，恐添疾病。你可这里赁间房屋，与我暂住。付些盘缠在此，你两口儿先上任去，候秋凉却来接我。”光蕊与妻商议，就租了屋宇，付了盘缠与母亲，同妻拜辞前去。

这一段又是在阐述修身警世之学了。金色鲤鱼喻指真精、真阳之气。鲤鱼五行属水，金色属金，水是阴，金是气是阳，喻身命之气冲和。母病乃是大事，此时人伦之常更为重要，应全力尽孝道，岂有弃母离去之意。孝是百善之先，善是众行之本，万万不能贪恋功夫而不顾及伦常之本，如此必定招来祸患。修身一定是人伦尽全，才可以去了大道。这也是我们传统文化中不同于西方文化之处，亦不同于其他宗教之处。伦常之纲，真是不能不重。

3. 洪江渡口

夫妻二人与家僮途路艰苦，晓行夜宿，不觉已到洪江渡口。只见稍水刘洪、李彪二人，撑船到岸迎接。也是光蕊前生合当有此灾难，撞着这冤家。光蕊令家僮将行李搬上船去，夫妻正齐齐上船，那刘洪睁眼看见殷小姐面如满月，眼似秋波，樱桃小口，绿柳蛮腰，真个有沉鱼落雁之容，闭月羞花之貌，陡起狼心，遂与李彪设计，将船撑至没人烟处，候至夜静三更，先将家僮杀死，次将光蕊打死，把尸首都推在水里去了。小姐见他打死了丈夫，也便将身赴水。刘洪一把抱住道："你若从我，万事皆休！若不从时，一刀两断！"那小姐寻思无计，只得权时应承，顺了刘洪。那贼把船渡到南岸，将船付与李彪自管，他就穿了光蕊衣冠，带了官凭，同小姐往江州上任去了。

洪江，江河之水，前面石猴出生在海边时讲过，水喻人性，释家唯识宗讲："人的意识种子有如瀑流。"我们的文化里也有个名词，叫随波逐流。两个都是形容人心、人性的。洪江渡口有稍水刘洪，真是洪水横流、人性欲望横流了。欲望一起，人性随即迷失。欲火焚生，阳气消，阴精去。自然是光蕊真阳，被贼打死；温娇真阴，被贼占之。这里的修行警示不可不知！

4. 乳名江流

光蕊尸体沉入水中，被龙王所救，用"定颜珠"护住其身。真魂在龙王处当差，殷小姐痛恨刘贼，恨不食肉寝皮。只因身怀有孕，未知男女；万不得已，权且勉强相从。到了江州，光阴迅速。一日，在花亭上思念婆婆、丈夫，身体困倦腹内疼痛，晕闷在地，不觉生下一子。为防刘洪淹杀。殷小姐决定明日将子抛江而去。殷小姐要抛其子，但恐难以识认，即咬破手指，写下血书一纸，将父母姓名、跟脚缘由，备细开载；又将此子左脚上一个小指，用口咬下，以为记验。取贴身汗衫一件，包裹此子，乘空抱出衙门。小姐到了江边，大哭一场。正欲抛弃，忽见江岸岸侧飘起一片木板，小姐即朝天拜祷，将此子安在板上，用带缚住，血书系在胸前，推放江中，听其所之。

却说此子在木板上，顺水流去，一直流到金山寺脚下停住。那金山寺长老叫做法明和尚，修真悟道，已得无生妙诀。此子被长老救起，长老见了怀中血书，方知来历。取个乳名，叫做江流，托人抚养。血书紧紧收藏。光阴似箭，日月如梭，不觉江流年长一十八岁。长老就叫他削发修行，取法名为玄奘，摩顶受戒，坚心修道。

看《西游记》时定要细辨故事当中的玄机，不能只当做一般故事来看。细想丞相之女与新科状元夫君，怎会赴任就带一个家僮。州牧夫人也不可能一个人走去江边。真要抛孩子，也不能是绑在木板上。丞相女儿嫁出去，也不可能父女不来往。女婿被杀，当朝丞相怎会不知道？

咬破手指，写下血书，将父母姓名、跟脚缘由，备细开载。《西游记》这本真经就是血书。《西游记》全书，正本清源，批邪归正，直指真经妙道，真是一字一点血，一句一行泪。《西游记》全书身心性命兼顾，包含百家，真可谓跟脚缘由，备细开载了。

前面言洪水横流，此子顺水流至金山寺长老处，此长老名法明和尚。欲望洪水横流，要修心止流，就得先要法明。法不明，无从入手，盲目入手做功夫，堕入逞小慧，斗机锋，只会口头三昧，毫无实修实证，甚至会堕入怪力乱神之流。

此长老修真悟道，已得无生妙诀。明示修身要法明，要身心性命内外兼顾，不然何以称之为已得无生妙诀？《庄子》言："摄精神而长生，忘精神而无生。"取个乳名"江流"，前面讲过，唐僧代表心，江流就是唐僧，人心妄念真有如江水横流。释家讲我们人的心：流处生、流处住、流处灭。如此江流拜入法明门下，坚心修道，旨意甚明！

5. 不知姓名与不识父母

一日，暮春天气，众人同在松阴之下，讲经参禅，谈说奥妙。那酒肉和尚恰被玄奘难倒，和尚大怒骂道："你这业畜，姓名也不知，父母也不识，还在此捣甚么鬼！"玄奘被他骂出这般言语，入寺跪告师父，眼泪双流道："人生于天地之间，禀阴阳而资五行，尽由父生母养，岂有为人在世而无父母者乎？"再三哀告，求问父母姓名。长老道："你真个要寻父母，可随我到方丈里来。"玄奘就跟到方丈，长老到重梁之上，取下一个小匣儿，打开来取出血书一纸，汗衫一件，付与玄奘。玄奘将血书折开读之，才备细晓得父母姓名，并冤仇事迹。

玄奘读罢，不觉哭倒在地道：“父母之仇，不能报复，何以为人？十八年来，不识生身父母，至今日方知有母亲。此身若非师父捞救抚养，安有今日？容弟子去寻见母亲，然后头顶香盆，重建殿宇，报答师父之深恩也！”师父道：“你要去寻母，可带这血书与汗衫前去，只做化缘，径往江州私衙，才得你母亲相见。”

姓名不知，父母不识，此处不是说玄奘，是在告诫世间所有人。这里的父母非真指生养我们的父母。人乃父精母血凝结所生，这个父母是生育养育我们的父母。试想一下，父母的父母以及最早的父母，又是从哪里生来的？天地万物又是从哪里生来的？那个生出天地、生出五行、生出万物及人的“父母”，那个本体父母，我们可不就是不知道是谁吗？现在的科技这么发达，可目前也搞不清这个问题啊。不知道这个本体父母，可不就是不知姓名、不识父母。长老拿出血书一纸、汗衫一件付于玄奘，玄奘读罢始知有生身父母，然后要去寻母。师父让其带上血书和汗衫前去。血书乃真经也，汗衫乃大脚力、大毅力也。

修身要找回那最本源的父母，寻回那最初的本真，定是需要真经，需要明师指路，需要大恒心、大毅力去前行，去实践做功夫。寻见母亲，回来报答师父深恩，这是做人应重的人伦之本。对于生育抚育我们的父母，一定是要报答他们的深恩的。《西游记》一书极重人伦之本的孝道。修身立己确实也当如此。不仅是生养抚养我们的父母，给我们指路的明师以及帮助过我们良师益友，都要报答，古人讲：滴水之恩，定当涌泉相报。

6. 母子相认

玄奘领了师父言语，就做化缘的和尚，径至江州寻得殷小姐。殷小姐仔细看他举止言谈，好似与丈夫一般。小姐将从婢打发开去，问道："你这小师父，还是自幼出家的？还是中年出家的？姓甚名谁？可有父母否？"玄奘答道："我也不是自幼出家，我也不是中年出家，我说起来，冤有天来大，仇有海样深！我父被人谋死，我母亲却被贼人占了。我师父法明长老，教我在江州衙内寻取母亲。"小姐问道："你母姓甚？"玄奘道："我母姓殷，名唤温娇。我父姓陈，名光蕊。我小名叫做江流，法名取为玄奘。"小姐道："温娇就是我。但你今有何凭据？"玄奘听说是他母亲，双膝跪下，哀哀大哭："我娘若不信，见有血书汗衫为证！"温娇取过一看，果然是真，母子相抱而哭。就叫："我儿快去！"玄奘道："十八年不识生身父母，今朝才见母亲，教孩儿如何割舍？"小姐道："我儿，你火速抽身前去！刘贼若回，他必害你性命！我明日假装一病，只说先年曾许舍百双僧鞋，来你寺中还愿。那时节，我有话与你说。”玄奘依言拜别。

前章言玄奘得真经，寻父母是悟理明法。此章是言见得父母，见得根源。母子相抱而哭，是喻神气相合。子不离母，母不离子。母让其火速抽身前去，以免刘贼加害，刘贼喻指人身之六根六贼，即人身之眼、耳、鼻、舌、身、意。修身做功夫的过程中，六根无论证得任何景象，都不能贪恋，都得火速抽身，否则就会著相。一旦著相就成烦恼，而引来刘贼加害，故要破相。

7. 金山寺嘱咐

温娇说服了刘洪，带着心腹丫鬟起程金山寺还愿。却说玄奘回寺，见法明长老，把前项说了一遍。长老甚喜。次日，只见一个丫鬟先到，说夫人来寺还愿。众僧都出寺迎接。小姐径进寺门，参了菩萨，大设斋衬，唤丫鬟将僧鞋暑袜，托于盘内。来到法堂，小姐复拈心香礼拜，就教法明长老分俵与众僧去讫。玄奘见众僧散了，法堂上更无一人，他却近前跪下。小姐叫他脱了鞋袜看时，那左脚上果然少了一个小指头。当时两个又抱住而哭，拜谢长老养育之恩。法明道：“汝今母子相会，恐奸贼知之，可速速抽身回去，庶免其祸。”小姐道：“我儿，我与你一只香环，你径到洪州西北地方，约有一千五百里之程，那里有个万花店，当时留下婆婆张氏在那里，是你父亲生身之母。我再写一封书与你，径到唐王皇城之内，金殿左边，殷开山丞相家，是你母生身之父母。你将我的书递与外公，叫外公奏上唐王，统领人马，擒杀此贼，与父报仇，那时才救得老娘的身子出来。

母子于金山寺脱鞋认记，是言修身做功夫要脚踏实地。左脚少了一根小趾，言真经总是会少口口相传之妙旨。有些真诀，书上确实是不会记载的。玄奘血书寻母，后天中见得先天，见性未见命。

母亲给予一只香环，让其去寻父亲生身之母张氏，是去寻先天中的先天，性命俱见且内外兼顾。往洪州西北方寻，西北方配入周易是乾卦，乾卦代表圆。一千五百里，十五也，十五月亮最圆满。这里有两个圆，喻示两个圆满，寻得先天中的先天，一性一命即皆俱圆满了。《悟真篇》言：“劝君穷取生身处，返本还源是药王。”

8. 认祖归宗

玄奘哭回寺中，告过师父即时拜别，径往洪州去寻婆婆。

来到万花店，询问店主刘小二，得知婆婆已昏了眼三四年，交不起房租，现住在南门头的一个破瓦窑里。婆婆每日上街叫化度日，玄奘寻得婆婆。婆婆听玄奘声音便以为是陈光蕊，玄奘告知其不是陈光蕊；而是陈光蕊与殷温娇生的孩子，爹爹被强盗打死，娘被强盗霸占为妻。是娘着他来寻婆婆的，有书在此，又有香环一只。

那婆婆接了书并香环，放声痛哭道：“我儿为功名到此，我只道他背义忘恩，那知他被人谋死！且喜得皇天怜念，不绝我儿之后，今日还有孙子来寻我。”玄奘问：“婆婆的眼，如何都昏了？”婆婆道：“我因思量你父亲，终日悬望，不见他来，因此上哭得两眼都昏了。”玄奘便跪倒向天祷告道：“念玄奘一十八岁，父母之仇不能报复。今日领母命来寻婆婆，天若怜鉴弟子诚意，保我婆婆双眼复明！”祝罢，就将舌尖与婆婆舔眼。须臾之间，双眼舔开，仍复如初。

母着书并予香环让其寻父亲之生母，是悟先天中的先天；即刻起程往洪州万花店寻婆婆，亦是喻示不仅要悟理，还要去实证理。理要实理，不要口头空理。空理如同空中楼阁，毫无落地之处。生活中这类事很常见，说啥都知道，但真要做时，却做不来。因此，阳明心学提倡知行合一，知而不行是为不知。如三国时期的马谡，讲兵法滔滔不绝，一旦带兵出战，却全军覆没。马谡就是没有真正做到知行合一。

再如，我们平日天天放个经乐，念经磕头，唱歌祈祷，隔三差五跑宗教场所，天天摆出一副与众不同的架势。可真到困境时却烦恼一堆，啥都忘记了；真到危难时刻，跑得比谁都快；听一句逆耳之语，就生嗔恨；见别人和自已学的不一样，就觉得别人境界低。而真见了银子、美女时，暗地里比谁都贪。贪也就算了，还要摆出一副道貌岸然的样子来自欺欺人。天天活在自编自导的世界里，这些都是不知何为知行合一。

那婆婆接了书并香环，放声痛哭道："我儿为功名到此，我只道他背义忘恩，那知他被人谋死!"这里是婆婆在警惕我们：不可在名利面前背弃道义！过分的执著外物，往往会迷失本真；本真迷失难免种下恶因，而终招来祸患。

前面万花店失散，不知生身之本。今者万花店认祖，寻得生身之根本。前面母病弃母而去，今则寻得婆婆，舌尖与婆婆舔眼，婆婆眼复明。舌者心之苗，喻内心寻得生父之母大根本，寻得大根源，婆心瞎障复开为婆心，这真是认祖归宗矣。

9. 擒杀刘洪

玄奘辞了婆婆，径往京城。寻到皇城东街殷丞相府上，与门上人道："小僧是亲戚，来探相公。"门上人禀知丞相，丞相道："我与和尚并无亲眷。"夫人道："我昨夜梦见我女儿满堂娇来家，莫不是女婿有书信回来也。”丞相便教请小和尚来到厅上。小和尚见了丞相与夫人，哭拜在地，就怀中取出一封书来，递与丞相。丞相拆开，从头读罢，放声痛哭。夫人问道：“相公，有何事故？”丞相道：“这和尚是我与你的外甥。女婿陈光蕊被贼谋死，满堂娇被贼强占为妻。”夫人听罢，亦痛哭不止。丞相道：“夫人休得烦恼，来朝奏知主上，亲自统兵，定要与女婿报仇。”

次早丞相入朝启奏唐王，唐王发六万御林军，殷丞相督兵前去江州，擒了刘洪一干人犯，救出温娇。温娇羞愧要自缢，玄奘急将解救，哭诉劝之，母子相抱而哭，殷丞相也来劝解。后丞相起身到法场，令军牢将李彪、刘洪每人痛打一百大棍，招了供。又将李彪订在木驴上，推去市曹剐了千刀示众，把刘洪拿到洪江渡口打死陈光蕊处，活剜其心肝，丞相、温娇、玄奘三人亲到江边烧祭文，祭奠陈光蕊。

认取了婆心，知生身之本，而寻得根本找回本来的“自己”。真悟而行，正念一出，相当于朝廷发兵，洪水欲望之贼当然会被铲除。刘贼一死，温娇被救自然而然，欲火一消，心神宁静，体内阴精自会获得。阴精一得，真阳之气即生，故随后龙王送光蕊还阳复生，也就顺理成章了。

10. 全家团圆

光蕊复生见了殷小姐，丈人殷丞相与玄奘，各自诉说原由后大喜。众官闻知，都来贺喜。丞相就令安排酒席，答谢所属官员，即日军马回程。来到万花店，那丞相传令安营。光蕊便同玄奘到刘家店寻婆婆。那婆婆当夜得了一梦，梦见枯木开花，屋后喜鹊频频喧噪，想道："莫不是我孙儿来也?"说犹未了，只见店门外，光蕊父子齐到。小和尚指道："这不是俺婆婆?"光蕊见了老母，连忙拜倒。母子抱头痛哭一场，把上项事说了一遍。算还了小二店钱，起程回到京城。进了相府，光蕊同小姐与婆婆、玄奘都来见了夫人。夫人不胜之喜，吩咐家僮，大排筵宴庆贺。丞相道："今日此宴可取名为'团圆会'。"真正合家欢乐。

次日早朝，唐王登殿，殷丞相出班，将前后事情备细启奏，并荐光蕊才可大用。唐王准奏，即命升陈萼为学士之职，随朝理政。玄奘立意安禅，送在洪福寺内修行。后来殷小姐毕竟从容自尽。玄奘自到金山寺中报答法明长老。

这一段是言修身次第的。寻回老母，寻回生身之根本，"团圆会”圆圆满满也。周易卦象里，圆代表乾卦，乾为天，修身与天为一即是圆满。玄奘立意安禅，有为入于无为。殷小姐从容自尽，无为而化有为。张三丰言修身功夫是：“无为之后，继而有为；有为之后，复还无为。”

11. 菩萨卖货

观音菩萨领完佛旨，来东土寻取经人。将佛赐的锦襴袈裟、九环锡二件捧上长街，与木叉货卖。长安城里，有那选不中的愚僧，倒有几贯村钞。见菩萨疥癞形容，身穿破衲，赤脚光头，将袈裟捧定，艳艳生光，他上前问道：“那癞和尚，你的袈裟要卖多少价钱?”菩萨道：“袈裟价值五千两，锡杖价值二千两。”那愚僧笑道：“这两个癞和尚是疯子！是傻子！这两件东西，就卖得七千两银子？只是除非穿上身长生不老，就得成佛作祖，也值不得这许多！拿了去！卖不成!”那菩萨更不较论，与木叉往前又走。

行的多时，来到东华门前，正撞着宰相萧瑀散朝而回，众头踏喝开街道。那菩萨公然不避，当街上拿着袈裟，径迎着宰相。宰相勒马观看，见袈裟艳艳生光，着手下人问那卖袈裟的要价几何。菩萨道：“袈裟要五千两，锡杖要二千两。”萧瑀道：

"有何好处，值这般高价？"菩萨道："袈裟有好处，有不好处；有要钱处，有不要钱处。"萧瑀道："何为好？何为不好？"菩萨道："着了我袈裟，不入沉沦，不堕地狱，不遭恶毒之难，不遇虎狼之穴，便是好处；若贪淫乐祸，不斋不戒，毁经谤佛的凡夫，难见我袈裟之面，这便是不好处。"又问道："何为要钱不要钱？"菩萨道："不遵佛法，不敬三宝，强买袈裟、锡杖，定要卖他七千两，这便是要钱；若敬重三宝，见善随喜，皈依我佛，我将袈裟、锡杖，情愿送他，结个善缘，这便是不要钱。"

袈裟、锡杖，如来所赐之宝物。如来是"无所从来，亦无所从去"，代表真如实相，代表道。袈裟、锡杖就是道之用。道之用亦是圣人之宝、圣人之用。圣人之宝，不会是金银，不会是官印。圣人之宝，乃是开悟的智慧，乃是真理，乃是真如妙心。若得圣人之宝，当立得解脱。故言："穿我袈裟，免堕轮回，持我锡杖，不遭毒害。"贪淫乐祸，不斋不戒，毁经谤佛，已然背离圣道。故不得真心，不得真理，也当然就难见袈裟之面了。

不遵佛法，不敬三宝之人，要卖他七千两。这里不能认为菩萨很现实，要挣钱。七，在周易先天卦数中为艮卦。艮为止，喻示诸恶要止，才能见得三宝，见得真心。儒释道三家的修身功夫，第一步都是要修止，止了才能定，定了才能生慧，这点三家相同，区别只在入手处不同。

若敬重三宝，见善随喜，袈裟、锡杖情愿送他不要钱。三宝，

先天八卦图

释门称佛法僧，道门称道经师。这是比较宗教性的论述。此处，我们把三宝看成戒定慧，看成精气神，会更合乎原书本意。这个论点在愚僧诋毁菩萨时，已有伏笔。愚僧言：“除非穿上身能长生不老，能成佛作祖，也值不得这许多。”长生不老需要精气神，成佛作祖需要戒定慧。能敬重三宝，能戒定慧，能见善随喜，即得圣人之道，如此当然也就无需用钱买了。无需要钱不单是不要钱的事，也在于明示圣人之道，难以用金钱来比拟，是远超金钱之外的。

12. 三教合一的锦襕袈裟

萧瑀闻言，倍添春色，知他是个异人，即便下马，与菩萨以礼相见，口称：“大法长老，恕我萧瑀之罪。我大唐皇帝十分好善，自今起建水陆大会。这袈裟正好与陈玄奘法师穿用。我和你入朝见驾去来。”菩萨欣然从之，径进东华门里。黄门官转奏，奉旨宣至宝殿。见萧瑀引着两个疥癞僧人，立于阶下，唐王问曰：“萧瑀来奏何事？”萧瑀俯伏阶，备奏前情。

太宗大喜，便问那袈裟价值几何。菩萨与木叉侍立阶下，更不行礼，答道：“袈裟五千两，锡杖二千两。”太宗道：“那袈裟有何好处，就值许多？”菩萨道：“这袈裟乃是：

仙娥织就，神女机成。重重嵌就西番莲，灼灼悬珠星斗象。四角上有夜明珠，攒顶间一颗祖母绿。中间有如意珠、摩尼珠、辟尘珠、定风珠，又有那红玛瑙、紫珊瑚、夜明璧、舍利子。沿边两道销金锁，叩领连环白玉琮。诗曰：三宝巍巍道可尊，四生六道尽评论。明心解养人天法，见性能传智慧灯。护体庄严金世界，身心清净玉壶冰。自从佛制袈裟后，万劫谁能敢断僧？”

仙娥织就，神女机成，此物出自道家。如意珠与摩尼珠二者同意，又是释家物，释典上言：“此珠出自龙王，或摩羯鱼脑中，或佛舍利所变，此珠光净，不为尘垢所染。”释门常将此珠喻为性光。辟尘珠、定风珠亦是道家物。尘者，心之妄念为尘。风者，呼吸为风，息念为风。此处辟尘珠、定风珠喻心性，诸尘不染，妄念不生，与释门摩尼宝珠同意。清净玉壶冰，儒家词，指为人清正廉洁，高风亮洁，无丝毫污染，含义与释道二家之宝珠意喻同。

这里三家同归一旨，切不要被那么多名词迷惑，菩萨之诗也已明示。明心解养人天法，见性能传智慧灯。袈裟看似衣物，其实是在传心法。儒释道三家，都可让人见性，都可让人了性。三家心法，可在同一件袈裟里。释家袈裟即是仙娥织就、神女机成，意义之明显不言而喻。

13. 九环锡杖

唐王闻言，十分欢喜，又问：“那锡杖有甚好处？”菩萨道：“我这锡杖，是那：铜镶铁造九连环，九节仙藤永驻颜。入手厌看青竹瘦，下山轻带白云还。摩呵五祖游天阙，罗卜寻娘破地关。不染红尘些子迹，能随玄悟上灵山。”

释家典籍言锡杖：“锡者轻也，依倚是杖，得出烦恼，出于三界，故曰轻也。锡者明也，持杖之人，得智慧明，故曰明也。”释门锡杖都是六环或十二环，没有九环锡杖。这里的九环锡杖是“九节仙藤永驻颜”，既是释家之物又是道家物。根据释家典籍记载，灵山本是释迦摩尼说法的地方，但随着释家法脉传入中土，逐渐生根，释家也渐渐与我们本土文化相交集、相交融。特别是与儒道二家交集更甚。受儒家“灵台”一词影响，灵山慢慢就指真如妙心，而非指地方了。道家“灵根”一词，也应是受儒家灵台一词影响而来。

全诗锡杖之意，俨然释道一体。在释喻指明心见性，证得本来面目；在道则九环锡杖，九节仙藤是九九归真，长生不老，九九归一。这里借释咏道，释道互参。

14. 小乘大乘

菩萨将袈裟锡杖赠于唐王后，回土地庙隐避。太宗将袈裟锡杖、赐给玄奘。七日后的水陆正会，玄奘登坛诵经。这菩萨近前来，拍着宝台，厉声高叫道："那和尚，你只会谈'小乘教法'，可会谈'大乘'么？"玄奘闻言，心中大喜，翻身跳下台来，对菩萨起手道："老师父，弟子失瞻多罪。现前的盖众僧人，都讲的是'小乘教法'，却不知'大乘教法'如何？"菩萨道："你这小乘教法，度不得亡者超升，只可浑俗和光而已。我有大乘佛法三藏，能超亡者升天，能度难人脱苦，能修无量寿身，能作无来无去。"

正讲处，有那司香巡堂官急奏唐王道："法师正讲谈妙法，被两个疥癞游僧，扯下来乱说混话。"王令擒来，只见许多人将二僧推拥进后法堂。见了太宗，那僧人手也不起，拜也不拜，仰面道："陛下问我何事？"唐王却认得他，道："你是前日送袈裟的和尚？"菩萨道："正是。"太宗道："你既来此处听讲，只该吃些斋便了，为何与我法师乱讲，扰乱经堂？菩萨道：“你那法师讲的是小乘教法，度不得亡者升天。我有大乘佛法三藏，可以度亡脱苦，寿身无坏。”太宗正色喜问道：“你那大乘佛法，在于何处？”菩萨道：“在大西天天竺国大雷音寺我佛如来处，能解百冤之结，能消无妄之灾。”

菩萨说的小乘教法，与菩提祖师所讲的术、流、动、静，意喻相同。菩萨说的大乘三藏，与祖师言及的金丹法诀，意喻相同。初看是在传释家法脉，小乘大乘。小乘大乘，是释家词语。释家典籍所包含的经律论，称为三藏经典。但细看菩萨说的大乘法三藏，可以度亡脱苦，寿身无坏。度亡脱苦，释家语；寿身无坏，道家语也。这里不但有释法，还有道法。寿身无坏就是九节仙藤永驻颜，就是长生不老之意。故此处三藏，不仅有释家经律论之三藏，还有道家精气神之三宝藏，生命动力三藏象矣。《西游记》全书中的人物对话，常常隐藏玄机，而且常是一笔双关、一词双意，读西游者不可不细心留意。

15. 立誓取经

玄奘立誓上西天取经，太宗大喜，与其结为兄弟。待选吉日良辰，发牒出行。遂此驾回各散。

玄奘回到洪福寺里。那本寺多僧与几个徒弟，早闻取经之事，都来相见，道："师父呵，尝闻人言，西天路远，更多虎豹妖魔。只怕有去无回，难保身命。"玄奘道："我已发了誓愿，不取真经，永堕地狱。我此去真是渺渺茫茫，吉凶难定。徒弟们，我去之后，或三二年，或五七年，但看那山门里松枝头向东，我即回来；不然，断不回矣。"众徒将此言切切而记。

次早，太宗设朝，聚集文武，写了取经文牒，用了通行宝印。太宗赐御弟通关文牒，赐一个紫金钵盂，让其在途中用于化斋。又选两个长行的从者，白马一匹，送为远行脚力。玄奘便谢了恩。唐王赐御弟法号"三藏"，又赐御酒。玄奘谢恩，接了御酒道："陛下，酒乃僧家头一戒，贫僧自来不饮。"太宗道："今日比他事不同。此乃素酒，只饮此一杯，以尽朕奉饯之意。"三藏不敢不受。接了酒，方待要饮，只见太宗低头，将御指拾一撮尘土，弹入酒中。三藏不解其意，太宗笑道："御弟呵，这一去，到西天，几时可回？"三藏道："只在三年，径回上国。"太宗道："日久年深，山遥路远，御弟可进此酒：宁恋本乡一捻土，莫爱他乡万两金。"三藏方悟捻土之意，复谢恩饮尽，辞谢出关而去。唐王驾回。

西天路远，更多虎豹妖魔，只怕有去无回，难保身命。真经岂能轻得？世间的富贵，都要历经磨难后才得，更何况是真经？真经历经九九八十一难，历行十万八千里而得。我去后三二年，三二相加为五，或五七年，这里强调五七之数。五，周易先天数为巽；七，周易先天数为艮。巽为顺，艮为止、为定，两者相结合是顺于止。即顺应一切外相外物，心都在止定状态中，应物不迷也。

宁念本乡一撮土。本乡周易配坤卦，坤为腹。一撮土，中土中意土，喻虚其心实其腹，时刻念中，时刻守中。禅宗所谓无念、无相、无住。

莫爱他乡万两金。莫要著与外相，莫去身外求道矣。若能时刻守中，应物不迷，就是山门里松树枝头向东，取得真经而回了。

16. 取经出行时间竟然是出生时间

却说三藏自贞观十三年九月望前三日，蒙唐王与多官送出长安关外，马不停蹄，早至法云寺。本寺住持带领众僧有五百余人，接至里面相见，献茶进斋，不觉天晚，众僧们灯下议论佛门定旨，上西天取经的缘由。有的说水远山高难度，有的说毒魔恶怪难降。三藏钳口不言，但以手指自心，点头几度。众僧们莫解其意，三藏道：“心生，种种魔生；心灭，种种魔灭。我弟子曾在化生寺对佛说下誓愿，不由我不尽此心。这一去，定要到西天，见佛求经，使我们法轮回转，皇图永固。”众僧闻言，人人称美。

到次日，早斋已毕，玄奘遂穿了袈裟，上正殿，佛前礼拜，道："弟子陈玄奘，前往西天取经，但肉眼愚迷，不识活佛真形。今立誓：路中遇佛拜佛，遇塔扫塔。但愿我佛慈悲，早现丈六金身，赐真经，留传东土。"祝罢，那二从者整顿了鞍马，促趱行程。三藏出了山门，辞别众僧，往西前进。行了数日，即出离边界。

众僧议论佛门定旨与西天取经缘由。玄奘以手指心，喻意佛旨在心，经在心中矣。释家典籍云："我本元自性清净，若识自心见性，皆成佛道。"心生，种种魔生。人一旦有为心生，则二心生、三心生、计较之心生、名利之心生、得失之心生，心生欲望烦恼无休止，如波浪涛涛而来，此种景象有如种种魔生。心灭，种种魔灭。指有为之心灭尽，而归于无为。心性清净自然，烦恼无明种种魔灭。

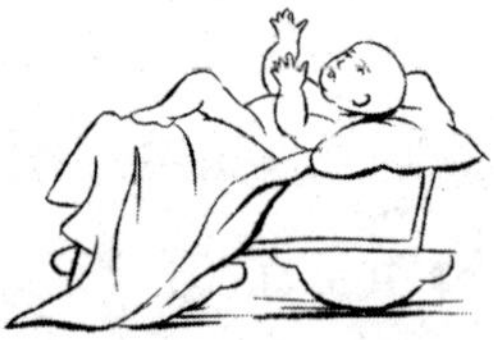

贞观十三年出生

贞观十三年出行取经

另《西游记》第九回，玄奘的父母于贞观十三年完婚，然后生了玄奘。为何这节玄奘取经出发时，又是贞观十三年？取经出发时间等于玄奘的出生时间。这初看好像很不符合逻辑，《西游记》作者不至于不会算数吧？其实这里面有大玄机！玄奘贞观十三年生时，为婴儿、为赤子，取经出发时又是贞观十三年，喻取经就是要找回人生那最初的赤子之心！

《西游记》这一细节是在传儒道二家心法。《孟子》言：“大人者，不失其赤子之心者也。”《老子》言：“含德之厚，比于赤子；蜂虿虺蛇不螫，猛兽不据，攫鸟不搏。骨弱筋柔而握固，未知牝牡之合而朘作，精之至也；终日号而不嗄，和之至也。知和曰常，知常曰明。益生曰祥，心使气曰强。物壮则老，谓之不道，不道早已。”

这里言赤子，儒道二家意同。儒家赤子之心，有如释家禅宗所言父母未生前之本来面目也。说到这里，有人可能会反对，父母未生前是还没有生，而赤子是已出生的婴儿，两个能一样吗？这里要声明一点：古圣，无论是东方还是西方的圣人，都是善言象、善言比喻的。儒释道三家的圣人也是如此。

父母未生前本来面目，只是真如本性的比喻。真如本性即佛性，即道之本性。赤子之心，是喻道体之用。一体一用都是道的两面，道之体较为虚幻，没有具体形象可言。因此抽象比喻为：父母未生前本来面目。如释家亦常将性光比喻为大光明或摩尼珠，这都是言体，如不做比喻则无法描述。而一个人一旦成道，解脱成就后也得在世间生活，也得应事待物啊。这时候成道之人的生活状态，就犹如赤子的状态那么纯洁无瑕。其日常应物之心，犹如赤子之心，一切都返璞归真了。因此赤子之心，是喻成道之用。

释家以出世之学为主，故其比喻偏虚幻一些。打个比方，释家提倡往生西方极乐世界，如果我们请个和尚，不管花多大代价，让他带你去西方极乐世界旅游一趟，相信这个提议就得难倒全天下的和尚们。或者退一步让和尚们将西方极乐世界，展现出来给大家瞧一瞧，那也是万万不能的。故释门很多比喻常常是，事出有因而查无实据，没法实际验证。

相反，儒家以入世之学为主，故其比喻较为贴近生活现象，言语朴实。这些如不细心品味，往往会误解，甚至会误认为，儒家境界不如释家高。其实不然，因为入世的难度远远比出世的难度要大得多。出世是一个人出家了，单身无牵挂，无负担，去创业；入世则是一个人在家，拖家带口负债去创业。两者路线不同，不要强作比拟。这一点的根本不同，也是我们华夏文明与外来文明最重要的分水岭之一。

其实大道至简，最好的法门一定是朴实纯真、直指人心的，无需繁琐，无需玄幻，无需披上神秘外衣。如释家禅宗，就是言语简洁了当、直指人心的，无丝毫玄幻，无需宗教色彩，全是以心印心。这点就如同上古尧舜禹时期，圣人传心均是以心印心，心心相传。

17. 陷虎穴

三藏率二随从出发、行有数十里远近，见一山岭，只得拨草寻路，说不尽崎岖难走，又恐怕错了路径。正疑思之间，忽然失足，三人连马都跌落坑坎之中。三藏心慌，又闻得里面哮吼高呼，叫：“拿将来！”只见狂风滚滚，推出五六十个妖邪，将三藏、从者揪了上去。这法师战战兢兢的偷眼观看，上面坐的那魔王，十分凶恶，是南山白额王。

吓得三藏魂飞魄散，二从者骨软筋麻。魔王喝令：“绑了！”众妖将三人用绳索绑缚。正要安排吞食，只听得外面喧哗，来报：“熊山君与特处士二位来也。”三藏闻言，抬头观看，前走的是一条黑汉，后边来的是一条胖汉。这两个摇摇摆摆走入里面，慌得那魔王奔出迎接。熊山君道：“寅将军，一向得意！”特处士道：“寅将军，丰姿胜常！”魔王道：“二公连日如何？山君、处士道：“惟随时耳。”各坐谈笑。只见那从者绑得痛切悲啼，黑汉道：“此三者何来？”魔王道：“自送上门来者。”处士笑云：“可能待客否？”魔王道：“奉承！奉承！”山君道：“不可尽用，食其二，留其一可也。”魔王即呼左左，将二从者剖腹剜心，剁碎其尸，将首级与心肝献客，将四肢自食，其余骨肉，分给各妖。只听得“啯啅”之声，真似虎啖羊羔。霎时食尽，把一个长老，几乎唬死。这才是初出长安第一场苦难。

南山白额王，南者，周易是离卦，离代表心。魔王称名寅将军，寅是虎，明言人心如虎也。熊山君，熊字底下四点为火，代表火性。特处士，野牛精，牛之地支是丑土，五行属土，土代表意。合而言之：心如虎，心中熊熊烈火，妄意滋生。

食其二，留其一可也。明示人心欲念生，心中有魔有二心。留其一，真心为一，道心为一无魔也。魔心二心，生于人心，不生于道心。故应食去二心，摒弃二心，只留一者道心、真心矣。

18. 金星解厄

正怆慌之间，渐渐的东方发白，那二怪至天晓方散。三藏昏昏沉沉，正在那不得命处，忽然见一老叟，手持拄杖而来。走上前，用手一拂，绳索皆断。对面吹了一口气，三藏方苏。跪拜于地道："多谢老公公！搭救贫僧性命！"老叟答礼道："你起来。你可曾疏失了甚么东西？"三藏道："贫僧的两个从人，已是被怪食了，只不知行李马匹在于何处？"老叟用杖指道："那厢不是一匹马、两个包袱？"三藏回头看时，果是他的物件，并不曾失落，心才略放下些，问老叟曰："老公公，此处是甚所在？那三个妖魔果是何物？"老叟道："此是双叉岭，乃虎狼巢穴处。你为何陷此？处士者是个野牛精，山君者是个熊罴精，寅将军者是个老虎精。左右妖邪，尽都是山精怪兽。只因你的本性元明，所以吃不得你。你跟我来，引你上路。"三藏不胜感激，将包袱捎在马上，牵著缰绳，相随老叟出了坑坎之中，走上大路。却将马拴在道傍，转身拜谢那老叟，只见化作一阵清风，跨一只白鹤，腾空而去。

这一段接上一段而发，食其二心，留其真心，就是本性元明。如此本性元明，心魔二心，自然吃你真心不得。至于天上那么多神仙，为何偏偏选金星来解救？要食去二心，留其真心，定是需要勇猛刚正、主敬自持的。如此则心魔自灭，本性元明。金的五行特色，就是代表勇猛刚正，故是金星来救。这一点作者完全是运用到了阴阳五行理论。

19. 我们的“镇山太保”

三藏出虎穴后行经半日，更不见个人烟村舍。一则腹中饥了，二则路又不平。正在危急之际，只见前面有两只猛虎咆哮，后边有几条长蛇盘绕。左有毒虫，右有怪兽。三藏孤身无策，只得放下身心，听天所命。又无奈那马腰软蹄弯，即便跪下，伏倒在地，牵又牵不动。苦得个法师衬身无地，万分凄楚，莫可奈何。忽然见毒虫奔走，妖兽飞逃；猛虎潜踪，长蛇隐迹。三藏抬头看时，只见一人，手执钢叉，腰悬弓箭，自那山坡前转出，果然是一条好汉。三藏见他来得渐近，跪在路旁，合掌高叫道：“大王救命！”那条汉到跟前，放下钢叉，用手搀起道：

“长老休怕。我是这山中的猎户，姓刘名伯钦，绰号‘镇山太保’。我才自来，要寻两只山虫食用，不期遇著你，多有冲撞。”

三藏道：“贫僧是大唐驾下钦差往西天拜佛求经的。适间来到此处，遇著些狼虎蛇虫，四边围绕，不能前进。忽见太保来，众兽皆走，救了贫僧性命，多谢！多谢！”伯钦道：“我在这里住人，专倚打些狼虎为生，捉些蛇虫过活，故此众兽怕我走了。你既是唐朝来的，与我都是乡里。此间还是大唐的地界，我和你同是一国之人。你休怕，跟我来，到我舍下歇马，明朝我送你上路。”三藏闻言，满心欢喜，谢了伯钦，牵马随行。

猛虎咆哮，人心欲望咆哮永无止。九条长蛇盘绕，贪婪缠绕人心不去。左有毒虫，贪婪不足即生嗔恨之毒。右有怪兽，人心痴迷欲望，颠倒妄取，邪行诸起。

人心欲望咆哮所引起的贪、嗔、痴三毒残害身心，确实使人万分凄楚，莫可奈何。遇此境地不能退缩，亦不能迷失沉沦而随波逐流，应当手持钢叉，腰悬弓箭，勇猛刚进，除去毒害，自然遇虎狼不危，镇荒山不险。

好汉名镇山太保，镇山是定止之山，定心止意之山。太保是古代官名，西周始置，为监护与辅弼国君之官。这里借名号比喻修身，非真指名号与官职。道家常讲：“圣人以身为国，以心为君，心正则万法皆从，心乱则万法皆废。”

道家常将身喻为国，心喻为君主，也常将各种欲望烦恼，喻为毒虫怪兽。镇山太保喻示修身要定心止意，护持心性。心性止定自然是：毒虫奔走，妖兽飞逃，猛虎潜踪，长蛇隐迹也。

我在这里住家，专倚打些狼虎为生，捉些蛇虫过活，故此众兽怕我走了。人的一生可不就是在毒虫猛兽各种烦恼里住家。修身每天做的事，就是修戒定慧而去贪嗔痴，所以是打狼虎为生，捉蛇虫过活。内心定心止意，镇山太保在位，众兽自然怕我。

你既是唐朝来的，你我都是乡里，我和你同是一国之人。丹道以身为国，同是一国之人就是明示，镇山太保就在我们身内。你我都是乡里，喻我们都是同一个地方来的，都是出自同一个本体，都有同一个本心。故一切欲望烦恼来临，我们无需外求，无需烧香拜佛，无需到处跪求神明，只要守住我们的本心，找到我们身内的镇山太保，定心止意，一切贪嗔痴，一切烦恼欲望，自然遁无踪迹。

20. 勇斗猛虎

过了山坡，又听得呼呼风响。伯钦道：“风响处，是个山猫来了，长老坐在此间，等我拿他家去管待你。”三藏见说，又胆战心惊，不敢举步。那太保执了钢叉，拽开步，迎将上去。只见一只斑斓虎，对面撞见。他看见伯钦，急回头就走。这太保霹雳一声，咄道：“业畜！那里走！”那虎见赶得急，转身轮爪扑来。这太保使钢叉举手迎敌，唬得个三藏软瘫在草地。他生来那曾见这样凶险的勾当？太保与那虎在那山坡下，人虎相持。他两个斗了有一个时辰，只见那虎爪慢腰松，被太保举叉平胸刺倒，霎时间血流满地。揪著耳朵，拖上路来，面不改色，对三藏道："造化！这只山猫，够长老食用几日。"三藏夸赞不尽，道："太保真山神也！"伯钦道："有何本事，敢劳过奖？"他一只手执着叉，一只手拖着虎，在前引路。三藏牵着马，随后而行。

上面已言，毒虫奔走，妖兽飞逃，猛虎潜迹。因何此处又来个勇斗猛虎？在修身立己的过程中，守住本心，定心止意，内心有镇山太保，这种状态是内炼的状态。修身不但是内炼，还要临事应事外炼，即不但能出世，还能入世。这一节搏虎，讲的是应事实证做功夫。虎为人心，搏虎就是战胜内心欲望的具体描述，即是释家经典《金刚》讲的，云何降伏其心之旨。搏虎不能软弱，定需勇猛刚正方行。

21. 尽人事

行过山坡，忽见一座山庄。伯钦到了门首，将死虎掷下，叫："小的们！把虎扛进去。"吩咐："剥了皮，安排将来待客。”复回头迎接三藏进内。彼此相见。坐定，伯钦又对他母亲道：“这位长老是唐王驾下差往西天见佛求经者。孩儿请他来家歇马，明日送他上路。”老妪闻言，十分欢喜道：“好！好！明日你父亲周忌，就浼长老做些好事，念卷经文，又后日送他去罢。”这刘伯钦，虽是一个杀虎卤夫，却有孝顺之心，闻得母言，就要安排香纸，留住三藏。

次早，那合家老小都起来，又整素斋，管待长老，请开启念经。这长老净了手，向太保家堂前拈了香，拜了家堂。三藏方敲响木鱼，先念了《净口业真言》、《净心神咒》，又写《荐亡疏》一道，再开念各样经典，及谈苾刍洗业的故事，早又天晚。佛事已毕，又各安寝。

虽是杀虎鲁夫，却有孝顺之心。《西游记》里多次将孝子作为题材，孝是百行之源，人伦之始，不可不重。

剥虎皮，食虎肉，守持本心，不沦恶道。念经超度，积阴功，这些都是人道之修，虽非全其天道，但亦不可不重，人道圆满，方是天道之始，方能全其天道。

22. 公公托梦

到次早太阳东上，伯钦的娘子道：“太保，我今夜梦见公公来家，说他在阴司苦难难脱，日久不得超生。今幸得圣僧念了经卷，消了罪业，阎王差人送他上中华福地长者人家托生去了。教我们好生谢那长老，不得怠慢。醒来却是一梦。”伯钦道：“我梦见如此，与你一般。我们起去对母亲说去。”他两个走到母亲床前说了，谁知那老母也是这等一梦，母子们俱呵呵大笑。遂叫一家大小起来，安排谢意，替他收拾马匹，都至前拜谢道：“多谢长老超荐我亡父脱难超生，报答不尽！”三藏道：“贫僧有何能处，敢劳致谢！”伯钦把三口儿的梦话，对三藏陈诉一遍，三藏也喜。早供给了素斋，又具白银为谢。三藏分文不受。但道：“太保肯发慈悲送我一程，足感至爱。”伯钦便叫妻子急做了些烧饼干粮，唤两三个家僮，各带器械，同上大路。

三藏做完法事，伯钦父亲托梦家人，已托生中华福地。家人以白银为谢，三藏分文不收。伯钦救三藏出虎口，为善举。三藏举手为伯钦父亲念经超度，亦是善举。伯钦救三藏，未求回报。三藏为伯钦家做法事，亦不求分文回报。

双方发心均是自然而然之善心，如此因缘念经超度，方合天道，方显效应。而非花了多少银两，请了多少和尚道士，花了多少供养，做了多少天的大道场，如此兴师动众，当得多少福报？如此贪心，真是自欺欺人。殊不知天道是福善祸淫！心行合天道，一切自有天人相佑；心行灭天道，做多少道场都是无用功。

这一章节里，伯钦是人物标签，前面的镇山太保则喻示我们身内定心止意之标签，读者需留意。

23. 两界山

行经半日，只见对面一座大山，真个是高接青霄，崔巍险峻。正走到半山之中，伯钦回身，立于路下道：“长老，你自前进，我却告回。”三藏闻言，滚鞍下马道：“千万敢劳太保再送一程！”伯钦道：“长老不知，此山唤做两界山，东半边属我大唐所管，西半边乃是鞑靼的地界。那厢狼虎，不伏我降，我却也不能过界，故此告回，你自去罢。”三藏心惊，轮开手，牵衣执袂，滴泪难分。正在那凄惶拜别之际，只听得山脚下叫喊如雷道：“我师父来也！我师父来也！”唬得个三藏痴呆，伯钦打挣。

两界山，人道天道之界线。那厢狼虎不伏我降，我却也不能过界，故此告回。伯钦这一句话，真乃托出盘中玄机。此狼虎非真指动物界之狼虎。试想一个勇士能搏虎，不可能说能搏华南虎，而搏不了东北虎；能搏中国虎，而搏不了外国虎。正如会骑马，在国内善骑马，不可能到了国外，见了外国马就不会骑了。会骑马，到哪都会骑马；会骑马，不管是哪里的马，见他也得被骑。

东半边属我大唐所管。东边狼虎受降，是言其人道之修身，已然能背境观心。按儒家讲是已然升堂，按道家讲是炼己筑基了。西边狼虎不伏我降，是言天道之修，还未真正入门，按儒家讲还未真正登堂入室，按释家讲还未真正见其本心，按道家讲即还未真正返璞归真。

24. 师徒相遇

却说那刘伯钦与唐三藏惊惊慌慌，又闻得叫声："师父来也！"众家僮道："这叫的必是那山脚下石匣中老猿。"太保道："是他！是他！"三藏问："是甚么老猿？"太保道："这山旧名五行山，因我大唐王征西定国，改名两界山。先年间曾闻得老人家说：'王莽篡汉之时，天降此山，下压着一个神猴，不怕寒暑，不吃饮食，自有土神监押，教他饥餐铁丸，渴饮铜汁，至今冻饿不死。'这叫必定是他。长老莫怕，我们下山去看来。"三藏依从，牵马下山。行不二三里，只见那石匣之中，果有一猴，露着头，伸着手，乱招手道："师父，你怎么此时才来？来得好！来得好！救我出来，我保你上西天去也！"

刘太保诚然胆大，走上前来，与他拔去了鬓边草、颔下莎，问道："你有甚么说话？"那猴道："我没话说，教那个师父上来，我问他一问。"三藏道："你问我甚么？"那猴道："你可是东土唐王差往西天取经去的么？"三藏道："我正是，你问怎么?”那猴道:“我是五百年前大闹天宫的齐天大圣,只因犯了诳上之罪,被佛祖压于此处。前者观音菩萨领佛旨意,上东土寻取经人。我教他救我一救,他劝我归依佛法,殷勤保护取经人,往西方拜佛,功成后自有好处。故此昼夜提心,只等师父来救我脱身。我愿保你取经,与你做个徒弟。”

前面言五行山是五气朝元、五行攒簇。这里悟空却求三藏救其出五行山,是否矛盾?前面如来五行山压悟空,是在传法诀。这里悟空求三藏搭救,是在言入手实证做功夫。实证做功夫前,先知法诀明理。入手实证则需一边明理,一边参悟,一边破相。故入五行山,还需出五行山。正犹如出世还需入世,入世还应出世。

25. 揭去金字

三藏闻言,满心欢喜道:“你虽有此善心,只是我又没斧凿,如何救得你出?”那猴道:“不用斧凿,你但肯救我,这山顶上有我佛如来的金字压帖,你只上山去将帖儿揭起,我就出来了。”

三藏依言,回头央浼刘伯钦道:“太保呵,我与你上山走一遭。”伯钦道:“不知真假何如!”那猴高叫道:“是真!决不敢虚谬!”伯钦只得扶着三藏，复上高山，攀藤附葛，只行到那极巅之处，果然见金光万道，瑞气千条，有块四方大石，石上贴著一封皮，却是“唵、嘛、呢、叭、咪、吽”六个金字。三藏近前拜祝道：“弟子陈玄奘，奉旨求经，若果有徒弟之分，揭得金字，救出神猴，同证灵山；若此辈是个凶顽怪物，哄赚弟子，不成吉庆，便揭不得起。”祝罢，又拜。拜毕，上前将六个金字轻轻揭下。只闻得一阵香风，劈面把压帖儿刮在空中，叫道：“吾乃监押大圣者。今日他的难满，吾等回见如来，缴此封皮去也。”吓得个三藏与伯钦望空礼拜。

下山又至石匣边，对那猴道：“揭了压帖矣，你出来么。”那猴欢喜，叫道：“师父，你请走开些，我好出来，莫惊了你。”

六个金字“唵嘛呢叭咪吽”，是观世音菩萨的微妙本心，是妙心真心。此处要揭去妙心真心，与出五行山同旨。修身立己明理得法后，在实证做功夫过程中定要破相，正所谓本来无一物，何处惹尘埃。

这一段故事刚好在《西游记》的第十四回。第十四回开篇诗句也早已明示：“佛即心兮心即佛，心佛从来皆妄物，若知无物又无心，便是真如法身佛。”诗句明言，我们的心就是佛。心佛皆妄，无物无心，便是真如。故入五行山前大闹天宫，入五行山压六个金字；此处则要出五行山，弃五行山，揭去六个金字。修身立已做功夫到了后面，妙心佛心的概念也要破除，以免最后清净佛心反而成了污染灰尘。此旨释家经典《金刚》尤重。

26. 赐名行者

伯钦听说，领着三藏，一行人回东即走。走了五七里远近，又听得那猴高叫道：“再走！再走！”三藏又行了许远，下了山，只闻得一声响亮，真个是地裂山崩。众人尽皆悚惧。只见那猴早到了三藏的马前，赤淋淋跪下，道声“师父，我出来也！”对三藏拜了四拜，急起身，与伯钦唱个大喏道：“有劳大哥送我师父，又承大哥替我脸上薅草。”谢毕，就去收拾行李，扣背马匹。那马见了他，腰软蹄矬，战兢兢的立站不住。盖因那猴原是弼马温，在天上看养龙马的，有些法则，故此凡马见他害怕。

三藏见他意思，实有好心，真个象沙门中的人物，便叫：“徒弟啊，你姓甚么？”猴王道：“我姓孙。”三藏道：“我与你起个法名，却好呼唤。”猴王道：“我原有个法名，叫做孙悟空。”三藏欢喜道：“也正合我们的宗派。你这个模样，就象那小头陀一般，我再与你起个混名，称为‘行者’，好么？”悟空道：“好！好！好！”自此时又称为孙行者。

猴王法名孙悟空，正合三藏门内之宗派，是言道家、释家论其本源，众家都归一源。故应弃其狭隘的门户宗派之争，畅言众家同真。理就一家，真理只有一个，荀子言：“天下无二道，圣人无两心。”

三藏再给起个混名，称为行者。《周易·系辞》言：“穷理尽性，以至于命。”即是修身立已功夫层次，入手前先需明理，入手后则要一步一步实证。悟空是心空定慧去明理，行者是起行落地去实证。悟空是悟其所行毕竟空，行者是行其所悟胜义有。毕竟空，执著了是偏离。胜义有，执著了也是偏离。禅宗讲：“空与有、著了哪一边都不是。”《西游记》里的师徒，每一个人物都至少有两个以上的名称，即是此意。一名有一名之意喻，一名有一名之标签。同时也是怕一个人物，如只有一个意喻、一个标签，读者容易陷入执著。《西游记》作者华阳洞天主人，真是用心良苦啊！

第五章 白龙马大脚力

1. 纵火烧明珠

菩萨奉佛旨前去东土寻取经人，与木叉半兴云雾前来。正走处，只见空中有一条玉龙叫唤。菩萨近前问曰："你是何龙，在此受罪？"那龙道："我是西海龙王敖闰之子。因纵火烧了殿上明珠，我父王表奏天庭，告了忤逆。玉帝把我吊在空中，打了三百，不日遭诛。望菩萨搭救搭救。"观音闻言，即与木叉撞上南天门里。烦丘、张二天师引见玉帝道："贫僧领佛旨，上东土寻取经人，路遇孽龙悬吊，特来启奏，饶地性命，赐与贫僧，教他与取经人做个脚力。"玉帝闻言，即传旨差天将解放，送与菩萨。菩萨谢恩而出。这小龙叩头谢活命之恩。菩萨把他送在深涧之中，只等取经人来，变做白马，上西方立功。小龙领命，潜身不题。

纵火烧殿上明珠。火，周易上是离卦，离卦代表心。纵火，纵心神之火。心火燃烧，自然是欲火焚身了。殿上明珠，喻人身心性之光。心火炎上，性光迷失，当然是烧殿上明珠了。把明珠比喻为性光，儒释道三家皆有之。打了三百。三，周易河图数为木；木，道家有个词语叫木性金情，故木代表性。打了三百，性乱心迷也。

遇观音菩萨而得解救，观世音，观世间一切音，观自心一切音。观音菩萨这里喻观自心，静观密察自心自性之意。

《西游记》全书的每一段都在喻示，这一段也不例外。此段是喻指人心一旦有为，纵了心神之火，必定烧去自性之光，随即人心迷失，妄想烦恼接踵而来，如此定然会遭来祸患。而一但身心向内观自在，静观密察自心之自性，烦恼妄想即能解脱。

菩萨向玉帝启奏解救玉龙，玉帝降旨差天将将其解放，只是一个形象表述而已。小龙叩谢活命之恩，活命并非真在于菩萨救，乃是需要自己救自己，修身功夫就是自救自度。古话讲：师傅领进门，修行靠个人。因此西天取经，还需脚踏实地去实行。

2. 蛇盘山鹰愁涧

却说行者伏侍唐僧西进，行经数日，正是那腊月寒天，朔风凛凛，滑冻凌凌；走的是些悬崖峭壁崎岖路，迭岭层峦险峻山。三藏在马上，遥闻水声聒耳，回头叫："悟空，是那里水响？"行者道："我记得此处叫做蛇盘山鹰愁涧，想必是涧里水响。"说不了，马到涧边，三藏正勒缰观看，只见那涧当中"吻喇"响一声，钻出一条龙来，推波掀浪，撺出崖山，就抢长老。慌得个行者丢了行李，把师父抱下马来，回头便走。那条龙赶不上，把他白马连鞍辔一口吞下肚去，依然伏水潜踪。行者把师父送在那高阜上坐了，却来牵马挑担，止存得一担行李，不见了马匹。他将行李担送到师父面前道："师父，那业龙也不见踪影，只是惊走我的马了。等我去看来。"

蛇盘山，蛇的地支是巳，五形属火，喻人身心火盘旋。鹰愁涧，危险之途，不明之路。马代表意，古语讲"心猿意马"。马走到蛇盘山鹰愁涧边，喻心意妄动，真机不明。这种行径宛如：悬崖峭壁崎岖路，叠岭层峦险峻山，危也！又如腊月寒天，朔风凛凛，滑冻凌凌，毫无生机可言。

观音当时救玉龙，是为让其给取经人做脚力的。脚力处需要大毅力，需要真性情刻苦去做功。平日做功夫存心养性，应接事物的进退之机，就是脚力。

脚力之真，全在行动中步步着实。凡马喻心猿意马，脚力不真。如做点小事，就悬空妄想增功夫增福报。或是学了些知识，就以为自己是专家，就以为自己高人一等，然后天天到处宣传拉人头，强买强卖搞精神传销。天天到处搞精神传销的，就不是真理，真理不需要传销！这些行径都是，自己的心猿意马，走在蛇盘山鹰愁涧。心猿意马，当然难得真经、难到西天。故真龙马出现把白马连鞍辔，一口吞下去，喻去心猿意马，弃心性不纯之脚力路也。

3. 看着行李坐到老

行者跳在空中，用手搭凉篷，四下里观看，更不见马的踪迹。按落云头报道："师父，我们的马断乎是那龙吃了，四下里再看不见。"三藏道："既是他吃了，我如何前进！可怜呵！这万水千山，怎生走得！"说着话，泪如雨落。行者见他哭将起来，他就忍不住暴躁，发声喊道："师父莫要这等脓包形么！你且坐着！等老孙去寻着那厮，教他还我马匹便了。"三藏又扯住道："徒弟呵，你那里去寻他？只怕他暗地里撺将出来，连我都害了？那时节人马两亡，怎生是好！"行者闻得这话，越加嗔怒，就叫喊如雷道："你忒不济！不济！又要马骑，又不放我去，似这般看着行李，坐到老罢！"

这一段中，作者是借师徒对话来吐露心声的。现实当中，我们想要修身立己做功夫，就如三藏要去西天取经。我们修身做功夫，常常会意志力不坚定，行动也不果决。这就如同三藏马被吃，没有了马，没有了脚力，不能行脚，心智恍惚。

我们平日修身做功夫，又常常不舍得刻苦要求自己去做好一切事，就如三藏哭诉："没有了马，这万水千山，怎生走得。"平日做功夫，即便是要求自己，也常是担心自己吃亏，或担心自己身累，或担心自己没面子等等。这就如同三藏不让行者去找马："那时节人马两亡，怎生是好！"

我们修身立己做功夫，常常是前怕狼后怕虎，不肯严厉鞭策自己去做实地功夫，就是想着做一点，既现成又轻松，既费力气少又最简单易做的事最好。比如在家放放经乐，磕下头，点个香，念个经，唱唱歌，或轻松供养下。天天在家坐着，看着那点事，就认为功夫可以有所成了，可以福慧双修了。这些行为就如行者对三藏叫喊如雷道："你忒不济！不济！又要马骑，又不放我去，似这般看着行李，坐到老罢！"

说到看着行李坐到老罢！历史上有两个典型。一是和尚皇帝梁武帝萧衍。他对佛的信仰程度，绝对是无与伦比的。现在释门所流行的水路功德法会、盂兰盆节，可以说就是他的杰作。所有的出家和尚必须全素，也是他一手策划发起的。这位兄台的策划颇多，我们就不一一列举了。

另一个是道士皇帝宋徽宗赵佶。他对神仙的信仰程度，也是无与伦比的。要说到什么供养、念经、抄经、法事、放生、虔诚等等，相信普天之下很难找到人，可以和这二位兄台相比拟。

可惜想象很美好，现实很残酷。二位兄台皆国破家亡！梁武帝萧衍活活饿死，宋徽宗赵佶不堪被羞辱，被活活气死。因此我们修身做功夫，不单是天天看着那点行李就可以了。当然二位兄台国破家亡，错在他们只会天天看着那点行李，并没有真正明了圣人本心，并没有真正洞彻儒释道三家之精髓！

王阳明言："圣人之道，吾性自足，向之求理于事物者误也"。真正做功夫是向内关照，脚踏实地，实实在在，做好自己本职，守好自己本分，致得自己之良知，才是大根本。万不能拿枝叶当根本，拿行李当主菜。本立才能道生，根都没立住，再多的枝叶、再多的行李也是会掉的。

4. 修身四要

行者正狠狠的吆喝，只听得空中有人言语，叫道："孙大圣莫恼，唐御弟休哭。我等是观音菩萨差来的一路神祇，特来暗中保取经者。”那长老闻言，慌忙礼拜。行者道：“你等是那几个？可报名来，我好点卯。”众神道：“我等是六丁六甲、五方揭谛、四值功曹、护教伽蓝，各各轮流值日听候。”行者道：“如此，留下六丁神将与日值功曹和众揭谛，保守着我师父。等老孙寻业龙，教他还我马来。”众神遵令。三藏才放下心，坐在石崖之上。那猴王撩起虎皮，抖擞精神，半云半雾的，在那水面上高叫道：“泼泥鳅，还我马来！还我马来！”

我等是观音菩萨差来的一路神祇，特来暗中护取经者。道家讲：修身有四要，即法、财、侣、地。这里的一路神祇，喻修身四要中的侣。侣者，伴侣、知音、外护也。无伴侣独学，难免易孤陋寡闻。闭门做功夫时，亦需要有人看护。陈泥丸曰：“若无同志相规觉，时恐炉中火候非。”众神是六丁六甲，五方揭谛，四值功曹，护驾伽蓝，各各轮流值日，喻修身功夫，时刻不停勇猛精进，火候功程日日前行矣。

5. 猴王斗龙

却说那龙吃了三藏的白马，伏在那涧底，潜灵养性。只听得有人叫骂，他按不住心中火发，急纵身跃浪翻波，跳将上来道："是那个敢在这里海口伤吾？"行者见了他，大咤一声"休走！还我马来！"轮着棍，劈头就打。那条龙张牙舞爪来抓。他两个在涧边前来来往往，战斗多时，那条龙力软筋麻，不能抵敌，打一个转身，又撺入水内，深潜涧底，再不出头。行者没及奈何，只得回覆三藏。被三藏责怪，他就发起神威道："不要说！不要说！等我与他再见个上下！"

这猴王拽开步，跳到涧边，使出那翻江搅海的神通，把一条鹰愁陡涧彻底澄清的水，搅得似那九曲黄河泛涨的波。那孽龙在深涧中，坐卧宁，咬着牙，跳将出去，他两个又在那山崖下苦斗。斗不数合，小龙委实难捱，将身一幌，变作一条水蛇儿，钻入草窠中去了。

龙吃了白马，伏在涧底潜灵养性，去妄意可养真性。行者斗龙降龙，只为脚力而去。要得真脚力，须要有刚有柔，知进知退，才是真行者。

行者叫战，见龙轮棍劈头就打，龙不能敌，窜入水内，深潜涧底再不出头。行者使出翻江搅海神通，孽龙跳出涧，变水蛇钻入草窠中，并无影响。如此行径俨然是有刚无柔，不知进退。这里龙喻真性，猴王喻心猿；识神是心猿意马，心猿意马怎能见性，故猴王降伏不了玉龙。这里，作者亦是在告诫我们：修身做功夫时，要知进知退，刚柔相济，不可太过刚硬而不知变通。

6. 二神指路

猴王拿着棍，拨草寻蛇，并没踪影。急得他三尸神咋，七窍烟生，念了一声“唵”字咒语，即唤出当坊土地、本处山神来询问，这涧里是那方来的怪龙？他竟抢了我师父的白马吃了！”二神道：“大圣自来是个不伏天不伏地混元上真，几时有甚么师父来？”行者道：“你等是也不知。我只因观音菩萨劝善，跟唐僧做了徒弟，往西天去拜佛求经。路过此处，被这业龙吃了我师父的白马。”二神道：“原来是如此。这涧中自来无邪，只是深陡宽阔，彻底澄清，鸦鹊飞过，照见自己的形影，便认做同群之鸟，往往误投水内，故名‘鹰愁陡涧’。向年观音菩萨因为寻访取经人去，救了一条业龙，送他在此，教他等候，不许为非作歹。不知他今日怎么冲撞了大圣？”行者道：“他方才变做一条水蛇，钻在草里，为何寻他不见？”土地道：“这条涧千万个孔窍相通，想是他钻在孔里去也。大圣不须发怒在此找寻，只消请将观世音来，自然伏了。”

大圣自来是个不伏天、不伏地的混元上真，几时有什么师父来？是言自身陷入执著中，只知一己孤修，自知自己为尊，不知有人矣。

行者说出观音劝善，跟唐僧拜佛求经因由后，即是回光返照，返观自身，以己合人矣。

二神道："涧中自来无邪，只是深陡宽阔，彻底澄清，鸦雀飞过，照见自己形影，便认作同群之鸟，往往误投水内。"这是在告诫我们：着空守静之士，悟得一己之孤阴，便总以为是得道。或是强催气血，便以为真气充盈。以此往往自误误人。如此行径与鸦雀投水，自丧性命者无异！

土地说出观音菩萨曾救过孽龙，只消请观世音来自然伏了。降龙是为了见性，见性不是心中一昧空空无物。如此顽空死寂，便落入一己之孤阴。或是执有，以真气运转为了命，如此便落入一己之寡阳。故需反观自身，不要违背自然，才能真正地"认识你自己"。如此即是自身观自在，自身"观世音"到来，自身的龙性自然伏了。

7. 魔头与龙马

揭谛到南海落伽山紫竹林中，请菩萨前来蛇盘山。直至涧边，揭谛对行者道："菩萨来也。"行者闻得，急纵云跳到空中，对他大叫道："你这个七佛之师，慈悲的教主！你怎么生方法儿害我！"你怎么送他一顶花帽，哄我戴着，把这个箍子长在老孙头上，又教他念甚么'紧箍儿咒'，教我这头上疼了又疼，这不是你害我也?”菩萨笑道:“你这猴子!你不遵教令,不受正果,若不如此拘系你,你又诳上欺天,再似从前撞出祸来,有谁收管?须是得这个魔头,你才肯入我瑜伽之门路哩!”行者道:“这个事,作做是我的魔头罢,你怎么又把那业龙,送在此处成精,教他吃了我师父的马匹?此又是纵放歹人为恶。”菩萨道:“那条龙,是我亲奏玉帝,讨他在此,专为求经人做个脚力。你想那东土凡马,怎历得万水千山,到得那灵山佛地?须是得这个龙马,方才去得。”

须是得这个魔头,你才肯入我瑜伽之门路哩!瑜伽一词是从古印度梵语而来,意思是自我与“梵”结合而达到一致。各种瑜伽体系都是要让人达到“梵我合一”的境界,这就如同我们传统文化中讲的天人合一之境界。公元4世纪,古印度释门无著、世亲兄弟俩,弘扬的弥勒学派法脉,称为瑜伽派,故瑜伽有时也是释门的称谓。

须是得这个魔头,是指戴了紧箍咒的头,喻紧守心猿,方能入门做功夫。须是得这个龙马,方才去得。西天路远有千难万险,一般凡马喻指一般心猿脚力,焉能去得西天?前面讲过龙马喻性。马喻意,喻脚力修持。龙马即是心性大意志力、大脚力,因此只有龙马方能去得西天。

8. 专倚自强难降龙

揭谛到涧边叫了两遍。那小龙翻波跳浪，跳出水来，变作一个人相，到空中对菩萨礼拜道："向蒙菩萨活命之恩，在此久等，更不闻取经人的音信。"菩萨指着行者道："这不是取经人的大徒弟？"小龙道："菩萨，这是我的对头。我昨日腹中饥馁，果然吃了他的马匹。他倚强打骂，更不曾提着一个'取经'的字样。"行者道："你又不曾问我姓甚名谁，我怎么就说？"小龙道："我不曾问你是那里来的泼魔？你嚷道：'管甚么那里不那里，只还我马来！'何曾说出半个'唐'字！"菩萨道："那猴头，专倚自强，那肯称赞别人？今番前去，还有归顺的哩。若问时，先提起'取经'的字来，却也不用劳心，自然拱伏。"行者欢喜领教。

小龙道："菩萨，这是我的对头。"书中这一段写的与玉龙三太子相斗的是猴王，而不是悟空。猴王喻心猿意马，心猿意马当然是乱真性，故是对头。心猿意马焉能取得真经？更不曾提到一个'取经'的字样。乃是心收意马不纯，脚力未真。如此做功夫定是三家难会，五行难攒。

菩萨道:“那猴头，专倚自强，那肯称赞别人?”专倚自强是心猿意马，只知有己，不知有人矣。不肯称赞别人，是傲性自胜，未能谦卑待人，心性不纯也！是平日做功夫，脚力不真，未能脚踏实地去做事矣!

今番前去，还有归顺的哩！若问时，先提起‘取经’的字来，却也不用劳心，自然拱伏。修身做功夫之成败效应，全在心性火候得当、脚力真实。以此方能会三家、攒五行。下手炼性，应物待人，谦卑是第一味良药。谦卑心一发，即是真行者，真行取经路矣。如此行之持久，心猿自然受降，六根自然清净，六尘自然不污染身心，故能不用劳心，而自然拱伏。

9. 玉龙化马

菩萨上前，把那小龙的项下明珠摘了，将杨柳枝蘸出甘露，往他身上拂了一拂，吹口仙气，喝声叫“变!”那龙即变做他原来的马匹毛片，又将言语吩咐道:“你须用心了还业障；功成后，超越凡龙，还你个金身正果。”那小龙口衔着横骨，心心领诺。菩萨教悟空领他去见三藏，“我回海去也。”行者扯住菩萨不放道:“我不去了！我不去了！西方路这等崎岖，保这个凡僧，几时得到？似这等多磨多折，老孙的性命也难全，如何成得甚么功果！我不去了！我不去了！”菩萨道：“你当年未成人道，且肯尽心修悟；你今日脱了天灾，怎么倒生懒惰？我门中以寂灭成真，须是要信心正果。假若到了那伤身苦磨之处，我许你叫天天应，叫地地灵。你过来，我再赠你一般本事。”菩萨将杨柳叶儿摘下三叶，放在行者的脑后，喝声“变！”即变做三根救命的毫毛，教他：“若到那无济无涯的时节，可以随机应变，救得你急苦之灾。”

小龙项下明珠。明珠喻心性之光，摘了明珠是不使妄用其明，有若无，实若虚，破相不执著于有矣！菩萨柳枝蘸出甘露，在龙身上拂了一拂，吹口仙气即变作原来的马匹毛片。柳枝为柔弱之木，甘露为清净之水，明示修身做功夫，当以柔弱清净为本，日乾夕惕为用。一气成功，而不得少有间断矣。龙变为马，性化为意，此即是诚意真性，真火候大脚力也。

菩萨将杨柳叶摘下三叶，放在行者脑后变做三根救命的毫毛。杨柳叶，柔木之柔叶，毫毛细之又软，此两样五行均属木。木代表性，喻修身之机，心性柔之又细，清净自然。放于脑后是不睹不闻处，喻入世修身，接人待物，六尘难免干扰污染身心。当时时刻刻睹其所不睹，闻其所不闻，功夫方有个实落处。久久纯熟后，则不需著力，不待防检，而真性自不息矣。真性不息，自是能救得自己的急苦之灾了。

10. 师徒过岸

行者闻了这许多好言，才谢了菩萨发放了诸神，请师父跨了刬马，行者挑着行囊，到了涧边。

正要渡涧，只见那上溜头有一个渔翁，撑着一个枯木的筏子，顺流而下。行者用手招呼道："渔翁，烦你来渡一渡。"渔翁即便撑拢。行者请师父上了筏子，安了行李马匹。那老渔翁撑开筏子，如风似箭，不觉的过了鹰愁陡涧，上了西岸。三藏教行者取钱送他，渔翁不要，向中流渺渺茫茫而去。三藏只管合掌称谢。行者道："师父你不认得他？他是此涧中水神，理宜接应，怎敢要钱！"三藏便跨马上路，奔西而去。这正是：

广大真如登彼岸，诚心了性上灵山。

枯木的筏子，喻炼性如槁木，澄然不动。顺流而下，喻真性上善若水，和光同尘。上了西岸，此岸乃是性地之岸。龙为性，得其龙马，即见其本性，脚踏实地，步步实证矣。诗句"广大真如登彼岸，诚心了性上灵山"，也是再一次提醒读者，此岸为性地之岸矣，并非真指自然界之河岸。

第六章

良能猪八戒

1. 天蓬错投胎

菩萨同木叉径奔东土。行了多时，又见一座高山，山上有恶气遮漫，不能步上。正欲驾云过山，不觉狂风起处，又闪上一个妖魔。他生得又甚凶险，手执一柄钉钯，不分好歹，望菩萨，举钉钯就筑，被木叉挡住，木叉与妖魔两个在山底下，一冲一撞，赌斗输赢。

观音按下云头，前来问道："你是那里成精的野豕，何方作怪的老彘，敢在此间挡我？"那怪道："我不是野豕，亦不是老彘，我本是天河里天蓬元帅。只因带酒戏弄嫦娥，玉帝把我打了二千锤，贬下尘凡；一灵真性，竟来夺舍投胎，不期错了道路，投在个母猪胎里，变得这般模样。是我咬杀母猪，打死群彘，在此处占了山场，吃人度日。

我不是野豕，亦不是老彘。豕与彘均是猪之意，这里明言我不是猪，非真指动物界之猪。我本是天河里的天蓬元帅，只因带酒戏弄嫦娥，玉帝把我打了二千锤，贬下尘凡。天河，壬水也，《黄帝内经·素问》言，水代表精，代表志。《孟子·公孙丑上》言："夫志，气之帅也。"修身炼气，精气逆流头顶天门，犹如水往天门上流，此志，统领精气逆行头顶，可形象比喻为“天蓬元帅”。壬水的地支在亥，亥为猪，故在天为天蓬元帅，在尘凡为猪。

酒为乱性之物，戏弄嫦娥即是着于色欲，人身一旦着于酒色，元精即刻沦为交感之精，先天真灵之性，就转为后天食色之性。打了二千锤，二，河图数为火，火代表心。打了二千锤，心乱性迷，天蓬元帅变“妖怪”矣，当然会被贬尘凡。心乱性迷，当然会走错道路。因此一灵真性，径来夺舍投胎。嗜酒好色，而伤身害命。伤身害命，就如是吃人度日。

2. 猪悟能

菩萨道："此山叫做甚么山？"怪物道："叫做'福陵山'。山中有一洞，叫做'云栈洞'。洞里原有个卯二姐。他见我有些武艺，招我做个家长，又唤做'倒插门'。不上一年，他死了，将一洞的家当，归我受用。在此日久年深，没有个赡身的勾当，只是依本等吃人度日。万望菩萨恕罪。"菩萨道："'人有善愿，天必从之。'汝若归依正果，自有养身之处。世有五谷，尽能济饥，为何吃人度日？"怪物闻言，似梦方觉，向菩萨道："我欲从正，奈何'获罪于天，无所祷也'！"菩萨道："我领了佛旨，上东土寻取经人。你可跟他做个徒弟，往西天走一遭来，将功折罪，管教你脱离灾瘴。"那怪满口道："愿随！愿随！"菩萨才与他摩顶受戒，指身为姓，就姓了猪；替他起个法名，就叫做猪悟能。遂此领命归真，持斋把素，断绝了五荤三厌，专候那取经人。

菩萨赐法名"猪悟能"，寓意修身做功夫，一要如金刚般坚固，能断人身诸烦恼，还要悟人身本有的二气良能。《孟子·尽心上》言："人之所不学而能者，其良能也。"人身之良能很多！比如婴儿一生下来就会吃奶、撒尿，这些生存技能是不用学的，生下来就会。这种例子比较普遍，我们再举一个深层次一点的。如天不言而四时行，万物生。人身十二条经脉不用通知，一天十二个时辰，循环走人身一遍，日以继往，天天如此。这也是人身本就有的良能，此良能是人身之神机，是人身的气机。

人身之中，气从精生，精从肾生。精有先天后天之分，先天之精为元精。元精是最本源、最善、最纯洁之精。如道门白玉蟾言："其精不是交感精，乃是玉皇口中涎。"后天之精为交感之精、淫欲之精。《黄帝内经·素问》言："肾藏精，肾藏志。"前述天河是壬水，猪地支是亥水，菩萨又赐姓猪，从地点、姓名、身形全是再强调亥水。在《黄帝内经》中，水代表肾，代表精。水在周易里配坎卦。修身中坎水逆流，精气上行顶门，就似"天河之水"。当然这只是一种形象比喻而已，此亦是人身中最善之良能。

《西游记》全书非常善于用比喻，悟空代表心神，心神悟空是破相不执著于事物。悟能代表精，精要悟能，精气内固，元气充沛全身。元气充沛才能抵御一切外邪，抵御风寒暑燥湿火。良能能悟，烦恼能断，后天自能回归先天，归根复命矣！

3. 行者扮妻

师徒二人走到，乌斯藏国界内高老庄。得知高太公三女儿，被一妖精占了，妖怪整做了三年女婿。太公不悦，请了和尚道士，都无力降妖。师徒借宿高老庄，行者自言帮高太公降妖，行者将被妖精关在后宅的三女儿翠兰救出。自己变身成高太公三女儿模样，独自个坐在房里等那妖精。

不多时，一阵风来，真个是走石飞砂。风过处，只见半空里来了一个妖精，果然生得丑陋：黑脸短毛，长喙大耳。行者暗笑道："原来是这个买卖！"他且睡在床上推病，口里哼哼的不绝。那怪不识真假，走进房，一把搂住，就要亲嘴。行者即使个拿法，托着那怪的长嘴，漫头一擢，扑的掼下床来。那怪爬起来，扶着床边道："姐姐，你怎么今日有些怪我？想是我来得迟了？"行者道："不怪！不怪！我因今日有些不自在，你可脱了衣服睡罢。"那怪不解其意，真个就去脱衣。行者跳起来，坐在净桶上。那怪果解衣上床。行者忽然叹口气，道声"造化低了！"

行者变成其三女儿模样，坐在房内。男变女相，假中有真，阴中藏阳。行者阴中藏阳扮妻，那猪刚鬣即是阳中藏阴扮夫了。行者暗笑道："原来是这个买卖！"真阳不得真阴必不成买卖，需一阴一阳才谓之道。故《悟真篇》云："恍惚之中寻有象，杳冥之内觅真精。有无从此自相入，未见如何想得成。"

那怪不识真假，走进房，一把搂住，就要亲嘴。喻沉迷声色，元精失交感之精生；先天坠入后天，猪悟能变猪刚鬣矣，故是不识真假。

那怪不解其意，真个就去脱衣。做身命功夫的过程中，精有真假，药有老嫩，火候有文武，不辨细微，贸然下手恐是有错。故行者道声："造化低了！"此节作者预借夫妇阴阳之道来阐述修身真机。《中庸》曰："君子之道，造端乎夫妇。及其至也，察乎天地。"世人不循中道，错识阴阳，盲修瞎练，法理不明，焉能得道？

这一章节里，为何是悟空扮妻，猪刚鬣扮夫呢？这里，作者是严格按照周易五行生克来设计情节的。行者代表神，五行属火；猪刚鬣代表精，五行属水。水克火，水是火之官鬼，火是水之妻财。故行者扮妻，猪刚鬣扮夫。

说到这里，肯定有人会疑问：行者火，猪刚鬣水，水克火啊，怎么猪刚鬣还打不过行者呢！对于这点疑问，只要是看过《黄帝内经》的人都会明白的。《黄帝内经》中已言：心属火为君，肾属水为臣。

《黄帝内经·灵枢·天年》又言："得神者昌，失神者亡。"看此即知神的重要性、权威性，不能只停留在一般的五行生克概念里。真要细论：五行中还有内五行与外五行之分。行者火，猪刚鬣水，只是外五行之论述，到内五行言，就得另当别论了。

4. 真假眷属

行者道："他说要请法师来拿你哩。"那怪笑道："莫睬他！

我有天罡数的变化，九齿的钉钯，怕甚么法师？就是你老子有虔心，请下九天荡魔祖师下界，我也曾与他做过相识，他也不敢怎的我。”行者道：“他说请一个五百年前大闹天宫姓孙的齐天大圣，要来拿你哩。”那怪闻得这个名头，就有三分害怕道：“既是这等说，我去了罢，两口子做不成了。”行者道：“你怎的就去？”那怪道：“你不知道，那闹天宫的弼马温，有些本事，只恐我弄他不过，低了名头，不象模样。”他套上衣服，开了门，往外就走，被行者一把扯住，将自己脸上抹了一抹，现出原身，喝道：“好妖怪，那里走！你抬头看看我是那个？”那怪转过眼来，看见行者模样，就是个活雷公相似，慌得他手麻脚软，“哗啦”的一声，挣破了衣服，脱身而去。行者急上前拿他，那怪化万道火光，径转本山而去。行者驾云，随后赶来，叫声：“那里走！你若上天，我就赶到斗牛宫！你若入地，我就追至枉死狱！”咦！这正是：假眷属非真眷属，好姻缘是恶姻缘。

你若上天，我就赶到斗牛宫，你若入地，我就追至枉死狱！斗牛宫为星象二十八星宿之斗宿与牛宿。斗宿、牛宿是二十八星宿里的北边二宿。枉死狱，传说在地狱丰都中。斗牛宫、枉死狱只是比喻而已。古人常爱将头代表天上，股部代表地下，中医上也是如此。因而，这里斗牛宫是喻头顶，枉死狱是喻股下。行者火、阴中藏阳，猪刚鬣水、阳中藏阴。无论是在天上还是地下，都要紧紧追守，是在比喻我们人身这个小天地，上下水火阴阳交感，一气循环，同声相应，同气相求。

《黄帝内经》讲“心肾相交，心火下照肾水，肾水上济心火”，这种是人身中最理想的状态。这就是阴阳交感，当然心肾相交只是属于最佳的养生状态。做身命功夫，比这更加严格！陈泥丸云：“别有些儿奇又奇，心肾原来非坎离。”道家典籍上也讲：“先天一气，自虚无中来。一点阳精，秘在形山，不在心肾，而在乎玄关一窍。”玄关一窍就是老子所谓的玄牝之门。

因此，做身命功夫是要心神之真阴与肾中之真阳相交融。《悟真篇》言：“调和铅汞要成丹，大小无伤两国全。若问真铅何物是？蟾光终日照西川。”蟾光终日照西川，就是心神真阴与肾中真阳相交融之意。

假眷属非真眷属，好姻缘是恶姻缘。世间里尽以男女为阴阳，殊不知此阴阳，非真阴真阳，需是无情之情，不色之色，方是真阴阳。

5. 猪刚鬣

行者追到那怪，大喝一声道：“泼怪！你是那里来的邪魔？怎么知道我老孙的名号？你有甚么本事，实实供来，饶你性命！”那怪道：“是你也不知我的手段！上前来站稳着，我说与你听：

自小生来心性拙，贪闲爱懒无休歇。
不曾养性与修真，混沌迷心熬日月。
忽朝闲里遇真仙，就把丹经坐下说。
劝我回心莫堕凡，指示天关并地阙。
得传九转大还丹，工夫昼夜无时辍。
上至顶门泥丸宫，下至脚板涌泉穴。
周流肾水入华池，丹田补得温温热。
婴儿姹女配阴阳，铅汞相投分日月。
离龙坎虎用调和，灵龟吸尽金乌血。
三花聚顶得归根，五气朝元通透彻。
功圆行满却飞升，身轻体健朝金阙。
玉皇设宴会群仙，各分品级排班列。
敕封元帅管天河，总督水兵称符节。
只因王母会蟠桃，开宴瑶池邀众客。
那时醉入广寒宫，风流仙子来相接。
见他容貌实销魂，旧日凡心似火烈。
全无上下失尊卑，扯住嫦娥要陪歇。
色胆如天叫似雷，险些震倒天关阙。
纠察灵官奏玉皇，那日吾当命运拙。
广寒围困不通风，进退无门难得脱。
押赴灵霄见玉皇，依律问成该处决。
幸遇金星救我生，锤责二千皮骨折。
放生遭贬出天关，福陵山下图家业。

我因有罪错投胎，俗名唤做猪刚鬣。

猪刚鬣说身世这首诗，为修身法诀之诗。诗中全是道家专业术语。诗前面讲修身因缘，次传修身口诀，中间言修身有成，最后说迷失被贬下凡尘，错投胎。这个看似是猪刚鬣在说自己，其实是在说所有人。这是言：所有人原本都是成就的，原本都是仙胎，后面迷失了，方才堕入凡尘的。释家典籍上也是如此说的。释家《圆觉》、《楞严》也说，众生本来是佛，只因迷失，觉明为咎，才沦为众生的。另外道家讲顺逆，顺为凡，逆为仙。把此诗意从后面，逆着做回去即是成就。修身要逆行，不要顺行。顺行就会随波逐流，堕落凡尘了。

6. 没面子的女婿

行者与那怪在那半山之中，黑夜里好杀，自二更时分，直战到东方发白。那怪不能迎敌，依然又化狂风回洞，把门紧闭，再不出头。行者看那洞门外有一座石碣，上书“云栈洞”三字，见天光大亮，恐师父盼望，且回高老庄。

见了三藏与诸老，将上项事说了一遍。又叫高老道：“那妖也不是凡间的邪祟，他本是天蓬元帅临凡，只因错投了胎，嘴脸象一个野猪模样，其实性灵尚存。据他说，虽吃了你家些茶饭，却与你把家做活，挣了许多家资，又未曾害你家女儿。我想，这等一个女婿，也不坏家声，当真的留他也罢，祛他怎的？”老高道：“虽是不伤女儿，但名声不好听。动不动人就说，高家招了一个妖怪女婿！这句话儿教人怎当？”三藏道：“悟空，你既是与他做了一场，索性做个决绝，才见始终。”

行者阴中真阳，猪刚鬣阳中真阴。东方发白，阳胜阴衰，猪刚鬣不敌行者自然而然。

虽吃了你家些茶饭，却与你把家做活，挣了许多家资，又未曾害你女儿。以此看出，猪刚鬣还是蛮敬业的，人伦之本还是尽到的。《西游记》中的师徒四人，要论持家、养家、守财、疼老婆，也确实是猪刚鬣做得最好了。为何这么安排？这些都是阴阳五行之理。猪刚鬣代表精，肾藏精。肾为先天之本，肾为人身元气之源，肾五行属水，水主藏。元精，道家常称之为“黄金”。这些意寓都和钱财有关，也和守藏之意有关。故而猪刚鬣最会“经营”，这些都是猪刚鬣的特性。

他本是天蓬元帅临凡，只因错投了胎，这等一个女婿也不坏家声，当真的留他也罢。此言阳中之真阴，乃先天所生，非是后天凡物可比。修身宜采取真阴，而不能弃之度外。此外因精又是淫欲之源，故师徒四人中，猪刚鬣最著声色。虽是不伤女儿，但名声不好听。一著声色元精失，交感之精生。淫欲之念起，欲念起，性迷心乱矣。如把控不住自身行为，常会走错了门路，岂不是名声不好！

这类事情在我们生活中并不少见。故得索性做个决绝，才见始终。

7. 九齿钉钯在人身

行者又来到“云栈洞”寻见那怪道：“象你强占人家女子，又没个三媒六证，又无些茶红酒礼，该问个真犯死罪哩！”那怪道：“且休闲讲，看老猪这钯！”行者道：“你这钯可是与高老家筑地种菜的？有何好处！”那怪道：“你错认了！这钯岂是凡间之物？你且听我道来：

此是锻炼神冰铁，老君手制铃锤别。
造成九齿玉垂牙，铸就双环金坠叶。
身妆六曜排五星，体按四时依八节。
短长上下定乾坤，左右阴阳分日月。
名为上宝沁金钯，进与玉皇镇丹阙。
敕封元帅号天蓬，钦赐钉钯为御节。
随身变化可心怀，任意翻腾依口诀。
也曾佩去赴蟠桃，只为倚强便撒泼。
石洞心邪曾吃人，高庄情重姻亲结。
这钯下海掀翻龙住窝，上山搅碎虎狼穴。
何怕你铜头铁脑一身钢，钯到魂消神气泄！”

像你强占人家女子，又没个三媒六证，又无些茶红酒礼，该问个真犯死罪哩！盖夫妻作合，必有媒聘；真阴真阳相并，需赖黄婆。既无媒聘黄婆，又少茶红酒礼，便是一己之私。不知媒证茶酒之礼，强配阴阳，则阴阳相背，大道难成。大道不成终究还是难逃阎君之手，如此当然是死罪一名不能救也。

做身命功夫的过程中，神火下照，炼精化气，神气交融，需要媒约，如无媒约则性情难谐，《参同契》云："言语不通非眷属。"张三丰言："打开门说与君，无花无酒道不成。"由此可知媒约不可缺。

九齿钉钯，九为极阳之数，阳极而阴生。体按四时依八节，言的是人身周天。《修真图》中将天道二十四节气，配入人身督脉中。人身周天督脉的线路，就在人身的脊椎线路上。任督二脉周天要贯通，督脉得先行。督脉上有三个关口。初关是尾闾关，中关夹脊关，上关玉枕关。初关尾闾关，在人体脊椎最下端的尾椎骨与骶椎骨里。人幼年时期尾椎骨四块，骶椎骨五块，共九块，古书上称此尾闾关为九窍、九头狮子。做身命功夫时，炼精化气，精气必先冲开尾闾关，才能逆行督脉上。因而精气逆行督脉之气机，可形象地称以"九齿钉钯"。

做身命功夫，炼精化气，坎水逆流顶门，交感之精转为元精。"妖怪"即转为"天蓬元帅"了。精气逆行督脉，脊椎是必经线路。脊椎内亦有窍道，通到两肾内部。可以形象地比喻为，脊椎督脉线路是精的兵器。

这钯下海掀龙住窝。身命功夫称，会阴穴为海底。上山搅碎虎狼穴。人身头顶常称为山顶、山上。因此说的是身命功夫，精气运走督脉无疑。

8. 钉钯能筑头

行者闻言道："呆子，不要说嘴！老孙把这头伸在颈上，你就筑一下儿，看可能'魂消气泄'？"那怪真个举钯，尽力筑将来，扑的一下，迸起钯的火光焰焰，更不曾筑动一些儿头皮。唬得他手麻脚软，道声"好头！好头！你这猴子，我记得你闹天宫时，家住在东胜神洲花果山水帘洞里，到如今久不闻名，你怎么来到这里上门子欺我？莫敢是我丈人去请你来的？"行者道："你丈人不曾去请我。因是老孙改邪归正，保护一个东土三藏法师，往西天拜佛求经，路过高庄借宿，那高老儿说起，就请我救他女儿，拿你这馕糠的夯货！"

《西游记》中，悟能钉钯筑到妖精身上，妖精会死。为何筑在行者头上，不曾筑动一些儿头皮。当然之前已说过，他们本是一个人，更何况这钉钯非指兵器。这钉钯筑头，喻精气上行头顶。迸起钯的火光焰焰，喻精气上升顶门，会出现光感现象。

9. 心猿降木龙

那怪一闻此言，丢了钉钯，唱个大喏道：“那取经人在那里？累烦你引见引见。”行者道：“你要见他怎的？”那怪道：“我本是观世音菩萨劝善，受了戒行，教我跟随那取经人，往西天拜佛求经。等了这几年不闻消息。你今既做他徒弟，何不早说取经之事，只倚凶强，上门打我？”行者道：“你莫诡诈欺心，果然是要跟唐僧，你可朝天发誓，我才带你去见我师父。”那怪扑的望空跪下，磕头如捣蒜，道：“阿弥陀佛，南无佛，我若不是真心实意，还叫我犯了天条，劈尸万段！”行者方才信了，又叫他搬些芦苇荆棘，塞在洞里，点起一把火，将那云栈洞烧得象个破瓦窑。那怪对行者道：“我今已无挂碍了，你却引我去罢。”行者又拿着他钉钯，揪着耳朵，驾起云头，径转高家庄来。有诗为证：

金性刚强能克木，心猿降得木龙归。

金从木顺皆为一，木恋金仁总发挥。

一主一宾无间隔，三交三合有玄微。

性情并喜贞元聚，同证西方话不违。

妖怪将那云栈洞烧得像个破瓦窑，改邪归正，妖窟灭踪，喻示修身做功夫要破相，“妖怪”即变成猪悟能矣！

何不早说取经之事，只倚凶强，上门打我？盖不说取经人是观察不到，药物不真而强采不成；说出取经人，则是观察已到，药物已真而自合。此等大法才是三媒六证、茶红酒礼。

行者降伏了妖怪，诗曰：“金性刚强能克木，心猿降得木龙归。”这里明示行者是金性，悟能是木性。行者是心猿，悟能是木龙。前面已经言及，行者代表神火，悟能代表精水。这里又说行者是金，悟能是木，好似矛盾？行者神火，悟能精水，是指外五行。而行者金，悟能木，是实证功态中的内五行。

神，有先天后天之分。精，亦有先天后天之分。先天神为元神，后天神为识神。先天精是元精，后天精是交感之精。

这里可以举一个大家都知道且通俗的例子来说明一下。刚生下的婴儿，无思无虑，吃饱睡，睡醒了吃，一切自然而然，无丝毫有为之心。这种纯洁无瑕的心神状态，即是属于元神状态，只是这种状态，不是属于真正究竟的元神状态而已。

而男婴一旦入睡，他的小鸡鸡就会自然勃起。西方人不懂，就说男婴有性欲。尽是胡说！用我们传统文化来讲，这种状况就是元精发动。此时婴儿的心，是无丝毫欲望、丝毫污染的心。小鸡鸡勃起，是自然而然精气饱和的状态。此时体内元精充盈，故婴儿浑身有体香，皮肤粉嫩细滑。

但随着时间的推移，长大后知觉渐多，声色扰心，元神转为识神。内心情动，元精也随之转为交感之精、欲望之精了，如此先天就落入了后天。

那有人要问，那婴儿不就是已经修身成就了吗？这里要补充一下，婴儿只是在借喻而已。确切地说，婴儿的那种元神状态是温室里的花朵状态，并非出淤泥而不染的圣洁状态。因为婴儿生下来，心神是处在不应物的无知状态的，并非心神在应物处事，尚能保留纯真的状态。这点一定要认清。

婴儿只是圣人，是用于借象比喻而已。婴儿的心，处于无知的朦胧状态，并非真正的得道。而修身是要达到心神知而无知的状态。这种无知是：一无所知而无所不知！《庄子·大宗师》称其为“真知”，儒家称之为“良知”，释家谓之为“实相般若”。

修身要返璞归真，身体要逆生长，精要重新逆回元精状态。需神火下照丹田，神中木性，交下入肾水坎宫，才能得到元精。性属木，故称悟能为木龙，称行者为金公，与此同理。行者为人身三宝中的神，要回归人身元神状态，需精水上济心火离宫，此精水化气，水里生金，交入心火离宫中，此时神气交融，即为元神状态，故称行者为金公。这些描述均是实证过程中的内五行描述。

10. 猪八戒

那怪朝着三藏跪下叩头，把菩萨劝善事情，细陈了一遍。

三藏大喜，便叫："高太公，取过香案来。"三藏净手焚香，望南礼拜道："多蒙菩萨圣恩！"那怪从新礼拜三藏为师，又与行者拜了，称为师兄。三藏道："既从善果，做我徒弟，我与你起个法名。"他道："师父，我已蒙菩萨摩顶受戒，起了法名，叫做猪悟能也。"三藏笑道："好！好！正和你师兄同派。"悟能道："师父，我受了菩萨戒行，断了五荤三厌，今日见了师父，我开了斋罢。"三藏道："不可！不可！你既是不吃五荤三厌，我再与你起个别名，唤为八戒。"那呆子欢欢喜喜道："谨遵师命。"因此又叫做猪八戒。

妖怪拜了三藏为师，又与行者拜为师兄，三藏要与其起个法名，其说菩萨为其摩顶受戒，起了法名，叫做"猪悟能"，三藏笑道："好！好！好！正和你师兄同派。"三藏两界山收猴王，起法名时，猴王告其法名叫孙悟空，三藏欢喜道："正合我们的宗派"。这里却说正和你师兄同派。从此中端倪可以看出，在《西游记》里，须菩提祖师、观世音菩萨、三藏、悟空、悟能都是一派，都是一家。

你既是不吃五荤三厌，我再与你起个别名，唤为"八戒"。五荤，释家忌食的五种蔬菜：大蒜、小蒜、兴渠、韭菜、葱。三厌，道家忌食的三种肉：雁、狗、乌龟。五荤三厌合为八戒。

但在此处的八戒，当是另有所喻。悟能是悟人身本有的二气良能，八戒是戒此良能，勿落入后天之能，此身勿着于声色，先天勿落入后天。一旦人身之精落入后天，交感之精生而淫欲生矣。

释家典籍《楞严》言："若不断淫修禅定者，如蒸砂石欲其成饭，经百千劫只名热砂。"能戒此身精气之良能，不落入后天；自身能断后天声色，交感之精即转为元精。"妖怪"即转为悟能，如此亦是善始，亦是能断身心烦恼了。

11. 辞行高老庄

高老见他改邪归正，更十分喜悦，遂命家僮安排筵宴，酬谢唐僧。少顷斋罢，老高将一丹盘捧出二百两散碎金银奉献，三藏道："我们是行脚僧，逢处化斋，若受了一丝之贿，千劫难修。"老高又备了一件青锦袈裟、两双新鞋送与八戒。八戒摇摇摆摆，对高老唱个喏道："上复丈母、大姨、二姨并姨夫、姑舅诸亲：我今日去做和尚了，不及面辞，休怪。丈人呵，你还好生看待我浑家，只怕我们取不成经时，还来照旧与你做女婿过活。"行者喝道："夯货，却莫乱说！"八戒道："哥呵，只恐一时间有些儿差池，却不是和尚误了做，老婆误了娶，两下里都耽搁了？"三藏道："少题闲话，我们赶早走路。"遂此收拾了一担行李，八戒担了；三藏骑着马，行者肩担棒，一行三众，辞别高老众人，投西而去。有诗为证：

满地烟霞树色高，唐朝佛子苦劳劳。

情和性定诸缘合，月满金华是伐毛。

高老见他改邪归正，更十分喜悦。能悟此身之良能，此心能断一切烦恼，当然是十分欢喜了。三藏道：“我们是行脚僧，逢处化斋，若受了一丝之贿，千劫难修。”可见修身过程中不可贪财，货利累身不可不知。这多好，给钱都不收，不像我们现在，想进个门都要门票，里面到处是想尽办法要你钱的。

只怕我们取不成经时，还来照旧与你做女婿过活。此话是揭示天下人，学道求道之心易退不坚定矣。

只恐一时间有些儿差池，却不是和尚误了做，老婆误了娶，两下里都耽搁了？天下间到处是此类事，一时差池，法不明，路不正，诀不真，盲修苦炼，自误其身，到老无成；或口说求道，心思凡尘；或道心不坚，稍有小验，不思前进，俨然以得道者自居；或是流于小乘，以假为真，以空为业，口头三昧等等诸行，自误误人矣，可不两下耽搁了！

第七章 诚意沙悟净

1. 打碎玻璃盏

师徒二人正走间，忽然见弱水三千，乃是流沙河界。菩萨道：“徒弟呀，此处却是难行。取经人浊骨凡胎，如何得渡?”惠岸道：“师父，你看河有多远?”那菩萨正停云步看时，只见那河中，“波啦”一声响亮，水波里跳出一个妖魔来，生得十分丑恶。那怪物手执一根宝杖，走上岸就捉菩萨，却被惠岸掣浑铁棒挡住，喝声：“休走!”那怪物就持宝杖来迎。两个在流沙河边，一番交战后，那怪物得知乃是观音菩萨驾临，赶紧收了宝杖向观音纳头下拜。告道：“菩萨，恕我之罪，待我诉告。我不是妖邪，我是灵霄殿下侍銮舆的卷帘大将。只因在蟠桃会上，失手打碎了玻璃盏，玉帝把我打了八百，贬下界来，变得这般模样。

我不是妖邪，我是灵霄殿下侍銮舆的卷帘大将。人的眼睛为心之门户，眼睛睁眼闭目、一开一合为眼帘。卷帘，卷眼帘也。

玻璃喻性光，打碎玻璃盏，性光迷失也，玉帝把我打了八百，贬下界来，更是明言此意。八，周易河图数为木，木代表性，心性被打了八百，当然是性乱心迷了，卷帘大将自为“妖怪”矣，故而被贬下界来。

2. 沙悟净

“又叫七日一次，将飞剑来穿我胸肋百余下方回，故此这般苦恼。没奈何，饥寒难忍，三二日间，出波涛寻一个行人食用。不期今日无知，冲撞了大慈菩萨。”菩萨道：“你在天有罪，既贬下来，今又这等伤生，正所谓罪上加罪。我今领了佛旨，上东土寻取经人。你何不入我门来，皈依善果，跟那取经人做个徒弟，上西天拜佛求经？我教飞剑不来穿你。那时节功成免罪，复你本职，心下如何？”那怪道：“我愿皈正果。”又道：“菩萨，我在此间吃人无数，向来有几次取经人来，都被我吃了。凡吃的人头，抛落流沙，竟沉水底。这个水，鹅毛也不能浮。惟有九个取经人的骷髅，浮在水面，再不能沉。我以为异物，将索儿穿在一处，闲时拿来玩耍。这去，但恐取经人不得到此，却不是反误了我的前程也？”菩萨曰：“岂有不到之理？你可将骷髅儿挂在头项下，等候取经人，自有用处。”怪物道：“既然如此，愿领教诲。”菩萨即与他摩项受戒，指沙为姓，就姓了沙；起个法名，叫做个沙悟净。当时入了沙门，送菩萨过了河，他洗心涤虑，再不伤生，专等取经人。

三二日间，出波涛寻一个行人食用。二三相加为五，河图数里五为土。《黄帝内经》里土代表意，此喻意土妄动，伤天害理，出波食人，势所必然。

吃了几个取经人，有九个取经人的骷髅浮在水面，再也不能沉。《西游记》中多次提到，唐僧是如来二弟子金蝉子转世，是十世修行的好人，一点元阳未泄，吃了他的肉可以长生。唐僧去取经，已是第十世。九个骷髅九个取经人，是唐僧前九个自己。前面已经说过，师徒是一体的，他们其实就是一个人，那即是自己吃掉了自己九次。自己吃掉自己，只是比喻而已，本意是指自己破掉自己。按儒家讲，就是毋我；按释家讲，就是破我相。马克思有句名言，连我自己都不是马克思主义者。也是毋我，破我相。吃掉自己乃是寓意：破去自身妄意，诚意自归也。

菩萨指沙为姓，赐法名沙悟净。何为悟净，这一段的故事原文里已有暗示，洗心涤虑可谓之悟净。洗心涤虑为儒家心法，禅宗神秀所作之偈，“身是菩提树，心如明镜台，时时常拂试，莫使惹尘埃”，说的就是洗心涤虑，将心打扫得干干净净，无丝毫污染，就是洗心涤虑。此段儒家心法洗心涤虑，只是儒家心法中之上半句。后面还有一句是：退藏于密。加上后面这句，就彻底圆满了。这样相当于神秀与慧能两首偈子合在一起的意思。

心意干干净净，就是悟净无疑。为何姓沙？沙是土中最净之土，最净的土就是真土，即是最净的意。慧能云：“能净即释迦。”故沙悟净是喻人心中最干净、最纯洁之意。此名诚意。意诚则动静皆真，思虑无邪，性情得中，故君子必诚其意。修身做功夫，诚意是必不可少的。诚意，道家称之为真意，释家唯识谓之妙观察智。

3. 流沙河在哪里

话说唐僧师徒三众，正行处，只见一道大水狂澜，浑波涌浪。三藏在马上忙呼道："徒弟，你看那前边水势宽阔，怎不见船只行来往，我们从那里过去？"那行者跳在空中，用手搭凉篷而看，下来道："师父啊，果十分难渡！"三藏道："端的有多少宽阔？"行者道："径过有八百里远近。"八戒道："哥哥怎的定得？"行者道："老孙这双眼，白日里常看得千里路上的吉凶。却才在空中看此河，上下不知多远，但只见径过足有八百里。"长老忧嗟烦恼，兜回马，忽见岸上有一道石碑。三众齐来看时，见上有三个篆字，乃"流沙河"，腹上有小小的四行真字云：

八百流沙界，三千弱水深。

鹅毛飘不起，芦花定底沉。

鹅毛飘不起，芦花定底沉。从此诗句可以看出此河非指自然界之河，真的河水岂会鹅毛飘不起，芦花定底沉？自然界中当然不存在这种河流。流沙河就在我们的心里，人心欲念流性不定，如流沙。人心易于陷真，如弱水。大水狂澜，浑波涌浪，喻人心欲望，人性

之欲，真是有如大水波浪。禅宗慧能亦言：烦恼如波浪。

4. 宝杖妖精

师徒们正看碑文，只听得那浪涌如山，河当中“唿喇”的钻出一个妖精，十分凶丑：

一头红焰发蓬松，两只圆睛亮似灯。

不黑不青蓝靛脸，如雷如鼓老龙声。

身披一领鹅黄氅，腰束双攒露白藤。

项下骷髅悬九个，手持宝杖甚峥嵘。

那怪一个旋风，奔上岸来，径抢唐僧。慌得行者把师父抱住，急登高岸走脱。那八戒放下担，掣出钯，望妖精便筑，那怪使宝杖架住。他两个在流沙河岸，各逞英雄。

那大圣见八戒与那怪交战，擦掌磨拳，忍不住掣出棒来战，吓得那怪急转身忙躲过，径钻入流沙河里不出来。气得个八戒乱跳。

他两个转回，见了唐僧。唐僧道："可曾捉得妖怪？"行者道："那妖怪不奈战，败回钻入水去也。"三藏道："徒弟，这怪久住在此，他必然知水性。"行者道："正是。我们若拿住他，且不要打杀，只教他送师父过河再做理会。但这水里勾当，老孙不大十分熟。"八戒道："老猪当年总督天河，颇知些水性，却只怕那水里有甚么眷族老小都来，我就弄他不过，怎处？"行者道："你若到他水中与他交战，却不要恋战，许败不许胜，把他引将出来，等老孙下手就是。"

一头红焰发蓬松，火；不黑不青蓝靛脸，水；如雷如鼓老龙声，木；身披一领鹅黄氅，土；腰束双攒露白藤，金。由长相穿着配入五行，是金木水火土五行齐。五行齐终归入中宫，中宫五行土，土能克水，故能立于八百流沙界。"我们若拿住他，且不要打杀，只叫他送师傅过河再做理会。"流沙河乃是人欲之心，拿住他喻人心妄意归正，人心"妖怪"即变为悟净，内心悟净就是过了流沙河。

这水里勾当，老孙不大十分熟。行者刚强之性，难收伏妄意归正。八戒，戒其刚强而用其阴柔，化妄为真在柔而不在刚。

你若到水中与他交战，却不要恋战，许败不许胜。八戒代表精，妖精为妄意，精水难克意土，故只败难胜。

把他引将出来，等老孙下手就是。这是喻精气神三家相见，神气相交融、相盘结的微妙时刻。《悟真篇》言："火生于木本藏烽，不会钻研莫强攻，祸发心因斯害已，要须制伏觅金公。"要须制伏觅金公，可不即是等老孙下手就是。

5. 妖怪身世

八戒下到河里，与那怪厮战。八戒道："你是个甚么妖精，敢在此间挡路？"那妖道："你是也不认得我。我不是那妖魔鬼怪，也不是少姓无名。你听我道来：

自小生来神气旺，乾坤万里曾游荡。
皆因学道访天涯，每日心神不少放。
一朝缘到遇真人，引开大道金光亮。
先将婴儿姹女收，后把木母金公放。
明堂肾水入华池，重楼肝火归心脏。
三千功满拜天颜，志心朝礼明回向。
玉皇大帝便加升，亲口封为卷帘将。
腰间悬挂虎头牌，手中执定降妖杖。
往来护驾我当先，出入随朝吾在上。

只因王母降蟠桃，设宴瑶池邀众将。
失手打破玉玻璃，天神个个魂飞丧。
玉皇发怒付刑曹，将身推赴法场上。
多亏赤脚大天仙，越班启奏将吾放。
免死还遭八百鞭，贬落流沙多业障。
饱时困卧此河中，饿去翻波寻食饷。
来来往往吃人多，项下骷髅是榜样。
你敢行凶上我门，今日肚皮有所望。
莫言粗糙不堪尝，拿住消停剁鲊酱！

这首诗和前面猪刚鬣自吟之诗相同。诗前言修身因缘，次传修身口诀，再言修身成就，最后言被贬尘凡，困卧流沙河，吃人度日。这首诗亦是尽传道家修身功夫口诀。修身言顺逆，我们看诗要从诗意逆行做功夫回去。至于修成又被贬下凡尘，这个理论释家典籍上也有，众生本来圆满，本来具足，觉明为咎故而下凡。

失手打碎玉玻璃，天神个个魂飞丧。无论是道家或是中医，均有将头喻为天的比喻。李时珍言："脑为元神之府。"这里的天神是脑部神识的比喻。玻璃盏喻性光。失手打碎玉玻璃，天神个个魂飞丧，不是指很多天神魂飞丧，而是喻人身大脑神识不清，整个身心坠落迷失。欲望冲昏头脑，人心坠落迷失，定然会走错路，而给自己带来灾难。故遭玉帝发怒付刑曹，将身推赴法场上。玉帝只是天道主宰的一个人格化比喻而已，人心迷失偏离道，终究是会遭来无妄之灾的。

6. 火候难辨

八戒闻言大怒，骂道："你这泼物，全没眼力！我老猪还掐出水儿来哩，你怎敢说我粗糙，要剁鲊酱！你把我认做个老走硝哩。休得无礼！吃你祖宗这一钯！"那怪使一个凤点头躲过。两个在水中打出水面，各人踏浪登波。这一场赌斗有两个时辰，不分胜败。这才是：铜盆逢铁帚，两下一般同。

那大圣立在岸上，眼巴巴的望着他两个在水上争持。只见那八戒虚幌一钯，转回头往东岸上走。那怪随后赶来，将近岸边，这行者忍耐不住，掣铁棒，跳到河边，望妖精劈头就打。那妖物不敢相迎，飕的又钻入河内。八戒嚷道："你这个急猴子！你再缓着些儿，等我哄他到了高处，你却挡住河边，却不拿住他也！他这进去，几时又肯出来？"行者笑道："呆子莫嚷，我们且去见师父去来。"即同到高岸上，见了三藏，将交战之事说了一遍。三藏道："如此怎生奈何？"八戒道："求得一个万全之策方好。"行者见天色已晚随即纵云跳起，直到正北人家化了一钵素斋，回献师父。

这一段文中，八戒战妖精，还没等八戒把妖精引上岸边，行者又着急出手，吓走妖精，以至未能降伏。这一次行者已经是第二次着急出手，以至功亏一篑了。

这些情节故事均是喻示：平日修身立已，为人处事，接人待物，知刚不知柔，知进不知退。知存而不知亡，知得而不知丧。阳亢而过，偏离中道。简单来说，就是没有把握好分寸。当然，要想把握好心及处事的分寸，而且每次都恰如其宜的话，确实没那么容易。除非是圣人！

把握心及处事的分寸，道家称之为火候。火候有老嫩之分，有文武之分。火候本是心物进退之节，真火候妙在于人心。因而八戒道："求得一个万全之策方好。"平日做功夫，若用心紧则性躁，用心缓则火寒，入手之机非常细微。把握好一切事物之进退存亡，把握好内心的理，就是掌握好火候。

7. 凡胎重太山

师父见他来得甚快，便叫："悟空，我们去化斋的人家，求问他一个过河之策，不强似与这怪争持？"行者笑道："这家子远得很哩！相去有五七千里之路。他那里得知水性？"八戒道："哥哥，五七千里路，你怎么这等去来得快？"行者道："你那里晓得，老孙的筋斗云，一纵有十万八千里。这五七千里，只消把头点两点，把腰躬上一躬，就是个往回，有何难哉！”八戒道：“哥呵，既是这般容易，你把师父背着，只消点点头，躬躬腰，跳过去罢了，何必苦苦的与这怪厮战？”行者道：“你也会驾云，你何不把师父驮过去？师父乃凡胎肉骨，重似太山，我这驾云的，怎能起得？自古道，‘遣太山轻如芥子，携凡夫难脱红尘。’就是移山法、缩地法，老孙件件皆知。但只是师父要穷历异邦，不能够超脱苦海，所以寸步难行。我和你只保护得他身命，替不得他的苦恼。就是先去见了佛，那佛也不肯把经传与你我。正叫做‘若将容易得，便作等闲看。’”那呆子闻言，喏喏听受。

这一段行者与八戒的对话，真是大泄西游原旨。行者一筋斗十万八千里，去化斋，五七千里路，头点两点即到。八戒道：“哥呵，既是这般容易，你把师父背着，只消点点头，躬躬腰，跳过去罢了，何必苦苦的与这怪厮战？”行者道：“师父乃凡胎肉骨，重似太山，我这驾云的，怎能起得？自古道：“遣太山轻如芥子，携凡胎难脱红尘。”这些话真是大泄天机了，寓意明显。芥子为中药名，花科植物白芥的成熟种子；太山即泰山也。泰山怎能轻如芥子，这些都是在喻示而已。

凡胎难脱红尘确是事实。作者其实是在说，了脱红尘很难，比去搬动泰山还要难。行者神通再大，背师父也过不去河。这河当然不是真指自然界之河。这河是人心的烦恼欲望，也可以说这流沙河就是红尘。

师父要穷历异邦，不能够超脱苦海。红尘难脱，当然就不能脱离苦海了。我和你只保护得他的身命，替不他的苦恼。行者可表神，八戒可表精，尽是身命之宝，当然能护身命了。

就是先去见了佛，那佛也不肯把经传与你我。师徒本来就是一体，不能分割，也不可分割，不论哪个先去，都取不到经。只有师徒四人及白龙马，一齐到西天见佛，方能取得真经，证得正果。

8. 宝杖是灵性神兵

次早，行者还让八戒下水。唤八戒道："这番我再不急性了，只让你引他上来，我拦住河边，务要将他擒了。"八戒双手拿钯到河边，分开水路，依然又下至窝巢。那怪见八戒来至，他即跳出来，当头阻住，喝道："慢来！慢来！看杖！"八戒举钯架住道："你是个甚么哭丧杖，叫你祖宗看杖！"那怪道："你这厮不晓得。我这

宝杖原来名誉大，本是月里梭罗派。

吴刚伐下一枝来，鲁班制造工夫快。

里边一条金趁心，外边万道珠丝玠。

名称宝杖善降妖，永镇灵霄能伏怪。

只因官拜大将军，玉皇赐我随身带。

或长或短任吾心，要细要粗凭意态。
值殿曾经众圣参，卷帘曾见诸仙拜。
养成灵性一神兵，不是人间凡器械。
自从遭贬不离身，天下枪刀难比赛。
看你那个锈钉钯，只好锄田与筑菜！”

吴刚是古代神话人物，相传被天帝惩罚，在月宫伐桂树。梭罗派是月宫的仙木。“或长或短任吾心，要细要粗凭意态”。说明此兵器可随心意动，能大能小，能粗能细。

值殿曾经众圣参，是喻示能够值身心之殿，能够守神之意。

卷帘会见诸仙拜。前面已经提过，此帘为眼帘。眼帘是眼睛的护卫，眼是心之门户，眼帘可喻为心意之门户。心意之门户是所有修身做功夫所必须用的，可形象地比喻为诸仙拜。

养成灵性一神兵。就彻底交底了，此兵器是灵性神兵，不是真的世间兵器。脑为元神之府、灵性之府。故综而合之，宝杖代表意之所发，为动中之意念。妖怪持宝杖，就是动之妄意。悟净持宝杖，则是意诚而动。

9. 八戒犯难

八戒笑道：“少打的泼物！且莫管甚么筑菜，只怕荡了一下儿，教你九个眼子一齐流血！”那怪也不理，丢开架子，在那水底下，与八戒依然打出水面。这正是：

宝杖轮，钉钯筑，言语不通非眷属。

只因木母克刀圭，致令两下相战触。

这一场斗经三十回合，不见强弱。八戒又使个佯输计，拖了钯走。那怪随后又赶来，拥波捉浪，赶至崖边。八戒道：“泼怪！你上来！这高处，脚踏实地好打！”那妖道：“你这厮哄我上去，又教那帮手来哩。你敢下来，还在水里相斗。”原来那妖乖了，再不肯上岸，只在河沿与八戒闹吵。

却说行者见他不肯上岸，急得他心焦性爆，想道：“等我与他个饿鹰雕食罢。”就纵筋斗，跳在半空，刷的落下来，要抓那妖。那妖正与八戒嚷闹，忽听得风响，急回头，见是行者落下云来，却又收了宝杖，一头淬下水，隐迹潜踪，渺然不见。

木母克刀圭，木母指八戒，之前已提到过。八戒喻精，修身要得元精，需神中之性木，交入坎宫精水内，故称木母。刀圭亦是道家术语，指戊己土，喻意诚而守中。这一段八戒与妖精相战，被描述为木母与刀圭土相克。木克土，为何八戒战不赢妖怪呢？这一点不要单纯地只看局部的五行生克，而要看全局，关键点在行者。

行者代表心神。行者见妖怪不肯上岸，又心焦性躁而出手。心神焦躁天命之性，已然沦为气质之性。先天落入后天，五行顺行了。张三丰言：“五行顺则法界火坑，五行逆则大地七宝。”气质之性做主，精沦为欲望之精，诚意沦为妄意。妄意生，诚意难寻。正如妖怪又吓得一头淬下水，隐迹潜踪渺然不见。妄意生，诚意之悟净即沦为“妖怪”。精气神三家相背不相会，自然是八戒白走一趟，兄弟俩难降妖怪。

10. 红葫芦

妖怪难降，行者只得上南海去寻观音菩萨。行者纵筋斗云，须臾即到普陀山境紫竹林。菩萨问其来意。行者启上道：“菩萨，我师父前在高老庄，又收了一个徒弟，唤名猪八戒，法号悟能。才行过黄风岭，今至八百里流沙河，乃是弱水三千，师父已是难渡；河中又有个妖怪。悟能与他水中大战三次，不能取胜。因此特告菩萨，望垂怜悯，济渡济渡。”菩萨道：“你这猴子，又逞自强，不肯说出取经人的话来么？”行者道：“我们只是要拿住他，教他送我师父渡河。水里边都是悟能寻他斗的，想是不曾说出取经的勾当。”菩萨道：“那怪乃是卷帘大将临凡，也是我劝化的善信，教他保护唐僧的。你若肯说出是取经人来，他自早早归顺矣。”即唤惠岸近前，袖中取出一个红葫芦儿，分付道：“你可将此葫芦，同孙悟空到流沙河水面上，只叫‘悟净’，他就出来了。先要引他归依了唐僧，然后把他那九个骷髅穿在一处，按九宫布列，却把这葫芦安在当中，就是法船一只，能渡唐僧过流沙河界。”惠岸遵命，即与大圣捧葫芦而行。

诗曰：

五行匹配合天真，认得从前旧主人。

炼已立基为妙用，辨明邪正见原因。

金来归性还同类，木去求情亦等伦。

二土全功成寂寞，调和水火没纤尘。

八戒下水三次，均未能引妖怪上岸归降。徒以戒求净，而净反不净；以战制流，而流着更觉流。行者去南海普陀山紫竹林，请观世音菩萨来帮忙，菩萨道：“你这猴子，又是自强，不肯说出取经人的话来么？”心猿跳动，气质之性发作，只刚无柔，只进无退，当然说不出取经人的话。

你若肯说出取经人来，他自早早归顺矣。取经要脚踏实地，不卑不亢，无我无著。无我无著，自能谦。谦者众善之基，故其早归顺矣。

菩萨从袖中取出一个红葫芦给惠岸，吩咐道：“你可将此葫芦，同孙悟空到流沙河水面上，只叫‘悟净’，他就出来了。”葫芦之形状似二个土字，二土字即是圭字。红色，周易上配入离卦，离代表心，圭土代表守中之诚意。此处喻示我们心意归中守中，妄意“妖精”自然皈依为诚意“悟净”也。

把那九个骷髅穿一处，按九宫排列，把葫芦安当中，成法船一只，能渡唐僧过流沙河界。这里明显是法船能过流沙河，再次明示流沙河非真河也。

诗句：“五行匹配合天真，认得从前旧主人。”这里指修身做功夫，要身命五行攒簇，心性识其本来面目也！

另外的诗句，如炼己立基，指修心炼性。金来归性，木去求情，二土全功，调和水火，均是在传道家身心性命口诀，其无外乎是在阐明意诚守中。四象合和五行攒簇之旨。

11. 沙和尚

不多时，早来到流沙河岸，那木叉捧定葫芦，半云半雾，径到了流沙河水面上，厉声高叫道："悟净！悟净！取经人在此久矣，你怎么还不归顺！"

却说那怪正潜伏水底，只听得叫他法名，又闻得说"取经人在此"，他急翻波出来，认得是木叉行者。你看他笑盈盈上前作礼道："尊者，失迎，菩萨今在何处？"木叉道："我师未来，差我来分付你，早跟唐僧做个徒弟。叫把你项下挂的骷髅与这个葫芦，按九宫结做一只法船，渡他过此弱水。"悟净道："取经人却在那里？"木叉用手指道："那东岸上坐的不是？"悟净看见，收了宝杖，整一整黄锦直裰，跳上岸来，对唐僧双膝跪下道："师父，弟子有眼无珠，不认得师父的尊容，多有冲撞，万望恕罪。"三藏道："你果肯诚心皈依吾教么？"悟净道："弟子向蒙菩萨教化，指沙为姓，与我起个法名，唤做沙悟净，岂有不从师父之理!”三藏道:“既如此,甚好。”即叫悟空取戒刀来,与他落了发。然后拜了三藏,又拜了行者与八戒,分了大小。三藏见他行礼,真象个和尚家风,故又叫他做沙和尚。

木叉与行者,带红葫芦,到流沙河。红葫芦,心意守中归中之喻。心意守中归中,即为诚意、真意。意诚而真,“妖怪”即变为悟净矣。心意不中,诚意沦为妄意,故悟净变为妖矣。禅宗讲:“自性迷佛是众生,自性觉众生是佛。”正是此意。

赐名沙和尚,和尚一词从梵文而来。和尚之意,相当于我们传统文化中“人师”之尊称,即有资格堪为“人师”的比丘,才能得此和尚称谓。但是到了后来,只要是出家的比丘或比丘尼,都称为和尚了。这就是文化的堕落。到底何种人可堪为“人师”?把释门的戒定慧做到样样俱足,且是大彻大悟的实行者,才能够称得上“人师”,亦可称之为真正的大善知识。

沙和尚,沙是最干净的土,是经过水冲洗干净后的土。土代表意,喻内心洗心涤虑,烦恼妄想皆去得干干净净,无染无著的意思。内心无染无著,妄意去诚意生,如此内心悟净当然能够戒定慧,能够开悟。有此实证功夫,方才是一个称名的和尚。

这里结合了儒释二家学说来做梳理。《西游记》倡百家之言,如单以一家之言,确难以全解其中谜团。再申明说之,沙悟净与沙和尚仍是一个意思,分别在于阐述一体一用而已,悟净是意诚而思无邪,沙和尚是思无邪之功用。

12. 法船过流沙河

木叉道："既秉了迦持，不必叙烦，早早做法船来。"那悟净不敢怠慢，即将颈项下挂的骷髅取下，用索子结作九宫，把菩萨葫芦安在当中，请师父下岸。那长老遂登法船，坐于上面，果然稳似轻舟。左有八戒扶持，右有悟净捧托，孙行者在后面牵了龙马，半云半雾相随，而上又有木叉拥护；那师父才飘然稳渡流沙河界，浪静风平过弱河。真个也如飞似箭，不多时，身登彼岸，得脱洪波；又不拖泥带水，幸喜脚干手燥；清净无为，师徒们脚踏实地。那木叉按祥云，收了葫芦，又只见那骷髅一时解化作九股阴风，寂然不见。三藏拜谢了木叉，顶礼了菩萨，师徒同心向西而去。

师徒身登彼岸，得脱洪波，出离红尘之谓！清净无为，脚踏实地，修身真诀也！九个骷髅为以前的九个自己，骷髅是死人之头，为阴。九数为极阳之数，以阳化阴，以正去妄，以妄归真。九宫者，洛书之谓，后天八卦之象，亦可谓之天地法象。红葫芦安当中，内心诚意，合于天地法象之中。内心清净无为，脚踏实地，当然能过流沙河。意诚而动，妄意阴邪，自然无影无踪。故骷髅一时解化作九股阴风，寂然不见。

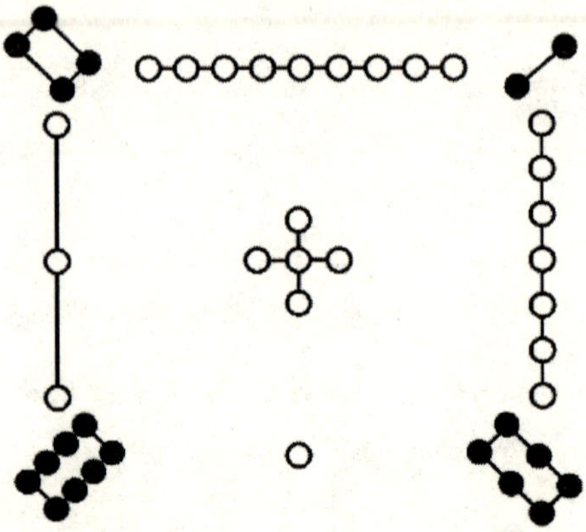

洛书

第八章
雷音寺真相

1. 灵山脚下

师徒经历种种磨难，终到西方佛地，师徒行经六七日，忽见一带高楼，几层杰阁，到了那楼阁门首。只见一个道童斜立在山门之前，应声叫道："那来的莫非东土取经人么?"长老急抬头观看，见他：

身披锦衣，手摇玉麈，肘悬仙箓，足踏芒鞋。飘然真羽士，秀丽实奇哉。炼就长生居胜境，修成永寿脱尘埃。圣僧不识灵山客，雷音金顶大仙来。

大圣认得，即叫："师父，此乃是灵山脚下，玉真观金顶大仙，来接我们哩!"三藏方才醒悟，进前施礼。大仙笑道："圣僧今年才到，我被观音菩萨哄了。他十年前领佛金旨，向东土寻取经人，原说二三年就到我处。我年年等候，渺无消息，不意今年才相逢也。"三藏合掌道："有劳大仙盛意，感激!感激!"逐此四众牵马挑担，同入观里。却又与大仙一一相见。即命看茶摆斋，又叫小童儿烧香汤，与圣僧沐浴，好登佛地。正是那：

功满行完宜沐浴，炼驯本性合天真。

千辛万苦今方息，九戒三皈始自新。

魔尽果然登佛地，灾消故得见沙门。

洗尘涤垢全无染，反本还原不坏身。

师徒们沐浴了，不觉天色将晚，就于玉真观安歇。

《西游记》的故事情节中，寺院里有道士，菩萨住地有道士，如来住地灵山脚下，亦有金顶大仙居住。要上灵山拜见如来，必先经过玉真观门庭。此中三昧，作者无非是要告诫世人放下门户宗派之见。释家、道家都在阐述一个大道，金顶大仙住地即是如来住地，如来住地即是金顶大仙住地。

大仙笑道："圣僧今年才到，我被观音菩萨哄了，他十年前领佛金旨，向东土寻取经人，原说二三年就到我处。"金顶大仙的话，如不细品，真是会让人迷糊的，会认为作者华阳洞天主人数错数了。《西游记》里提到，唐僧从东土出行，历经十四载，到达西天灵山雷音寺。金顶大仙的话又透露，观音菩萨是十年前去东土寻取经人，今年才等到圣僧。这说明，唐僧从东土到灵山花了十年时间。这十年与其十四年就矛盾了？原说二三年到我处，二三相加为五。河图数里五、十代表土，五与十均为土数。周易称土为中央土，土代表中，五与十无非是要说明"中"而已，中者中道矣。

儒释道三家，无论有多少经典，宗旨点最终都归到中道来。《中庸》："中也者，天下之大本也。"《老子》："多闻数穷，不如守中。"释家之《金刚》妙语连珠，无非也是在说一个"中"字。故得此中道，立到灵山雷音！

2. 玉真观

次早，唐僧换了衣服，披上锦襴袈裟，戴了毗卢帽，手持锡杖，登堂拜辞大仙。大仙笑道：“昨日褴褛，今日鲜明，睹此相，真佛子也！”三藏拜别就行。大仙道：“且住，等我送你。”行者道：“不必你送，老孙认得路。”大仙道：“你认得的是云路，圣僧还未登云路，当从本路而行。”行者道：“这个讲得是。老孙虽走了几遭，只是云来云去，实不曾踏着此地。既有本路，还烦你送送。我师父拜佛心重，幸勿迟疑。”那大仙笑吟吟，携着唐僧手，接引旃檀上法门。原来这条路不出山门，就是观宇中堂穿出，后门便是。大仙指着灵山道：“圣僧，你看那半天中有祥光五色、瑞霭千重的，就是灵鹫高峰，佛祖之圣境也。”唐僧见了就拜。行者笑道：“师父，还不到拜处哩；常言道‘望山走倒马’。离此镇还有许远，如何就拜？若拜到顶上，得多少头磕是！”大仙道：“圣僧，你与大圣、天蓬、卷帘四位，已到于福地，望见灵山，我回去也。”三藏遂拜辞而去。

你认得的是云路。云路，上德利根顿悟之路。圣僧还未登云路。心性功夫初成，身命功夫还未彻底超脱，故当从本路而行。

那大仙笑吟吟，携着唐僧手，接引旃檀上法门。上灵山雷音寺，走的门是法门，非世间之门庭也。大仙道家，旃檀释家，大仙引路，道家、释家法脉有共通处。

原来这条路不出山门，就是观宇中堂穿出，后门便是。此玉真观内中堂穿出，后门便是灵山。上灵山必经玉真观门庭，玉真观即雷音寺，雷音寺即玉真观也！中堂穿出，走中道矣。中道是一乘无为之妙道，一乘无为妙道，儒释道皆宗之。

3. 众生的凌云渡

大圣引着唐僧等，徐徐缓步。不止五六里，只见一道活水响潺潺，滚浪飞流，约有八九里宽阔，四无人迹。三藏心惊道："悟空，这路莫非大仙错指了！此水这般宽阔汹涌，又不见舟楫，如何可渡？"行者笑道："不差。你看那壁厢不是一座大桥？要从那桥上行过去，方成正果哩！"长老等即近前看时，桥边有一扁，扁上有"凌云渡"三字，原来是一根独木桥。正是：

远看横空如玉栋，近观断木一枯槎。

单梁细滑浑难渡，除是神仙步彩霞。

三藏心惊道："这桥不是人走的，我们寻别路径去来！"行者笑道："正是路！正是路！"八戒道："这是路，那个敢走？

水面又宽，波浪又涌，独独一根木桥，又细又滑，怎生动脚？”行者道：“你都站下，等老孙走个儿你看。”他即拽开步，跳上桥，摇摇摆摆，须臾，跳将过去，在那边招呼道：“过来！过来！”唐僧摇手，八戒、沙僧咬指道：“难！难！难！”行者又从那边跑过来，拉着八戒道：“呆子，跟我走！”那八戒卧倒在地道：“滑！滑！滑！走不得。你饶我罢，让我驾风雾过去。”行者按住道：“这是什么去处，许你驾风雾？必须从此桥上走过，方可成佛。”八戒道：“哥呵，佛做不成也罢，实是走不得。”

这一段是借师徒四人之口，阐述修身功夫及功夫层次。借师徒不同的口吻，说出不同之玄机。这里并非只是师徒的对话，而是把修身次第用寓意的方式借师徒之口吻说出，说的并不只是师徒过凌云渡。这个凌云渡不单是师徒的凌云渡，而是所有人的凌云渡。这里可是一笔多关。

三藏心惊，以为大仙错指了，此水这般宽阔汹涌，又不见舟楫，如何可渡？行者笑道：“不差，要从那桥上行过，方成正果。”凌云渡大水汹涌，水喻人性，烦恼如波浪。自识本心，自见本性，即破诸烦恼，也就无所谓波涛汹涌了。凌云渡乃是一根独木桥，独此一乘。了性亦需了命，身心性命俱了，方成正果。

三藏心惊道：“这桥不是人走的，我们寻别路径去来！”行者笑道：“正是路！正是路！”正是路即是正路也！此处的对话乃是明示：利根上智之人，方能行此一乘无为妙道。

八戒道：“这是路，那个敢走？水面又宽，波浪又涌，独独一根木桥又细又滑，怎生动脚?”一乘无为之道，实是直指人心不假有为的顿悟之道。但人心往往有为，常常把平川大道看做蜿蜒崎岖路，故觉得又细又滑，没法动脚。正如老子说的那样：“大道甚夷，而民甚好径。吾言甚易知，甚易行；天下莫能知，莫能行。”当然这里亦可说，一乘无为妙道，一般根器者，中下根器者，恐是无从入手的。

行者跳上桥，跳过去，又从那边跑过来。利根上智之人，先了性后了命，《中庸》所谓：“自诚明，谓之性。”即临境应事，不染不著，无为而成。

唐僧摇手，八戒、沙僧咬指道：“难！难！难！滑！滑！滑!”这是言：中下根器之人，资禀既偏，气又有所敝，又是怠懒者，定是难行此，一乘无为之道独木桥。

行者道：“必须从此桥上走过，方可成佛。”行此一乘无为之道，身心性命俱了，方是圆满成就。

八戒道：“哥啊，佛做不成也罢，实是走不得。”此处借八戒之口喻示：中下根器之人，修身如不痛下功夫，以人一己百，人十己千之苦行，方能及亚于生知者，如此苦苦精进不已，方能成功。如是懒惰懈怠，终是难归大觉。

4. 我们的无底船

他两个在那桥边扯扯拉拉，忽见那下溜中有一人撑一只船来，叫道："上渡！上渡！"行者火眼金睛，早已认得是接引祖师，又称为南无宝幢光王佛。行者却不题破，只管叫："撑拢来！撑拢来！"霎时撑近岸边，三藏见了，又心惊道；"你这无底的破船儿，如何渡人？"佛祖道："我这船：

鸿蒙初判有声名，幸我撑来不变更。

有浪有风还自稳，无终无始乐升平。

六尘不染能归一，万劫安然自在行。

无底船儿难过海，今来古往渡群生。

行者又着膊子将师父推上船，那师父踏不住脚，毂辘的跌在水里，早被撑船人一把扯起，站在船上。师父还抖衣服报怨行者，行者却引沙僧、八戒牵马挑担，也上了船，都立在艎䑳之上。那佛祖轻轻用力撑开，只见上溜头泱下一个死尸。长老见了大惊，行者笑道："师父莫怕，那个原来是你。"八戒也道："是你！是你！"沙僧拍着手也道"是你！是你！"那撑船的打着号子，也说："那是你！可贺！可贺！"他们三人也齐声相贺。不一时，稳稳当当的过了凌云仙渡，三藏才转身轻轻的跳在彼岸。诗曰：

脱却胎胞骨肉身，相亲相爱是元神。

今朝行满方成佛，洗净当年六六尘。

此诚所谓广大智慧，登彼岸无极之法。

独木桥，一乘无为顿悟之道。此一乘世间难有，上等利根如颜回，不迁怒，不二过，世之少有。

无底船，有为渐悟之道也，即《中庸》所谓：“其次致曲，曲能有诚。”正因能走独木桥的根器世上少有，故圣人还为我们留下了无底船。独木桥与无底船正是《参同契》所云：“上德无为，不以察求，下德为之，其用不休。”

其实无论是顿是渐，最终所悟之法同，无论怎样入手，去格物致知，最终所知之道亦同。《中庸》言，有生而知之，或学而知之，或困而知之，及其知之一也。

慧能言：“人性有利钝，迷人渐修，悟人顿契，自知本心，自见本性，即无差别。”

唐僧跌落水里，舍身求道之意。《老子》言：“吾所以有大患者，为吾有身。及吾无身，吾有何患?”

撑船人一把扯起，站在船上。舍身求道，需得法船行。师徒四众，过凌云渡，只泱下一个死尸。师徒四众，彼此相贺。师徒明显为同一肉身无疑。

诗曰：“脱却胎胞骨肉身，相亲相爱是元神。”诗意明显，脱去凡胎，元神成就。元神是道家词，喻最始、最本源、最善的心。元神用儒家来讲就是灵昭明觉，用释家来讲就是法身。

师徒到了彼岸，书中言：“此诚所谓广大智慧，登彼岸无极之法。”此处的彼岸是要广大智慧的才能登的。此彼岸乃是性地之岸，不是真指河岸。师徒到了彼岸，此释家所谓：般若波罗蜜也！

5. 师徒般若波罗蜜

四众上岸回头，这无底船儿都不知去向，行者方说是接引佛祖，三藏方才省悟，急转身，反谢了三个徒弟。行者道："两不相谢，彼此皆扶持也。我等亏师父解脱，入门修功，幸成了正果；师父也赖我等保护，秉教伽持，幸脱了凡胎。师父，你看这面前花草松篁，鸾凤鹤鹿之胜境，比那妖邪显化之处，何善何凶？"三藏称谢不已。一个个身轻体快，步上灵山。早见雷音古刹。

师徒们逍逍遥遥，走上灵山之顶。又见青松林下列优婆，翠柏丛中排善士。长老就便施礼，慌得那优婆塞、优婆夷、比丘僧、比丘尼合掌道："圣僧且休行礼，待见了牟尼，却来相叙。"行者笑道："早哩！早哩！且去拜上位者！"

四众上岸，无底船不知去向，方知是接引祖师。到了般若波罗蜜彼岸，大智慧已然成就。过了河即要忘却船，不然船就成了内心的挂碍。也就是过河需用渡，到岸不需舟。《庄子·外物》："荃者所以在鱼，得鱼而忘荃；蹄者所以在免，得兔而忘蹄。"到此境地，物我两空，心法两忘，自在逍遥，上灵山矣。

行者道："我等亏师父解脱，入门修功，幸成了正果。"这里行者明显是在说：三徒因师父解脱，才成了正果。反过来亦是说：师父如不解脱，他们就难成正果。显然师徒四众是绑在一起的，一损俱损，一荣俱荣，师徒一体无疑。也可以说，唐僧表心，心是修身做功夫的主体，一切解脱烦恼的功夫，都必须围绕心之主体而做。

6. 拜见如来

师徒四众到了雷音寺大雄殿前，对如来倒身下拜。将通关文牒奉上拜求真经。

如来对三藏言曰："你那东土乃南赡部洲，只因天高地厚，物广人稠，多贪多杀，多淫多诳，多欺多诈；不遵佛教，不向善缘，不敬三光，不重五谷；不忠不孝，不义不仁，瞒心昧己，大斗小秤；害命杀生，造下无边之孽，罪盈恶满，致有地狱之灾。所以永堕幽冥，受那许多碓捣磨舂之苦；变化畜类，有那许多披毛戴角之形，将身还债，将饲肉人，其永堕阿鼻，不得超升者，皆此之故也。虽有孔氏在彼，立下仁义礼智之教，帝王相继，治有徒流绞斩之刑，其如愚昧不明，放纵无忌之人何耶？我今有经三藏，可以超脱苦恼，解释灾愆。三藏者：有《法》一藏，谈天；有《论》一藏，说地；有《经》一藏，度鬼。共计三十五部，该一万五千一百四十四卷。真是修真之经，正善之门。凡天下四大部洲之天文、地理、人物、鸟兽、花木、器用、人事，无般不载。汝等远来，待要全付与汝取去，但那方之人愚蠢村强，毁谤真言，不识我沙门之奥旨。”叫阿难、伽叶：“你两个引他四众，到珍楼之下，先将斋食待他。斋罢，开了宝阁，将我那三藏之中、三十五部之内，各检几卷与他，教他传流东全，永注洪恩。”

这里，如来说的话俨然是儒家文化，掺和着释道二家文语。雷音寺显然非释家的直营店，如来也绝非释门的专利。将这些景象放在一起，看着好像有些混搭。这是作者一再要表达的，即儒释道三家一旨同真。任何一家学说再好，也不能包治天下。世上万万没有，包治百病的一味药。要说有，那纯粹就是封建迷信！彼此的互相学习、互相交融，只会让彼此更加完美。而且之前也说过：如来是无所从来，无所从去，喻“道”之功用，非真指释牟尼。

从这里我们也要深刻领会到：学习修身做功夫，不管你是先入

了哪家门，不要永远只会站在自己家门口，就知道守着自己那一亩三分地，眼睛里只有自己那点小山头。没登上泰山，你是不会领悟圣人之言“登东山而小鲁，登泰山而小天下”的。

《西游记》里常是一笔多关，这里借如来说传统文化，把如来形象化，当一个人物来看亦可。这只是一种喻示写法，古人常如此。

7. 设供传经

二尊者即奉佛旨，将他四众领至楼下。看不尽那奇珍异宝，百种千般。只见那设供的诸神铺排斋宴，并皆是仙品、仙肴、仙茶、仙果，珍羞百味，与凡世不同。师徒们顶礼了佛恩，随心享用。正是那：

宝焰金光映日明，异香奇品总难名。
千层杰阁迎眸丽，一派仙音入耳清。
蜕却凡胎能不老，吞将仙液得长生。
向来受尽千般苦，今日荣华喜道成。

这番便宜了八戒、沙僧，佛祖处正寿长生、脱胎换骨之馔，尽着他受用。二尊者陪奉四众餐毕，却入宝阁开门登看。那厢有霞光瑞气罩千重，彩雾祥云遮万道。经柜上，宝箧外，都贴了红签，楷书着经卷名目。

阿难、伽叶引唐僧看遍经名，对唐僧道："圣僧东土到此，有什么些人事送我们，快拿出来，好传经与你去。"三藏闻言道："弟子玄奘来路迢遥，未曾备得。"二尊者笑道："好！好！好！白手传经继世，后人当饿死矣！"行者见他讲说扭捏，不肯传经，他忍不住叫道："师父，我们去告如来，叫他自家来把经与老孙也。!"阿难道："莫嚷！此是什么去处？你还撒野放刁！到这边来接经。"二尊者将经传与师徒，师徒叩谢了如来，即下山奔路。

二尊领佛旨设供，师徒受佛恩，随心享用的是仙品、仙肴、仙茶、仙果。这点要注意！雷音寺招待品是道家菜。诗句："蜕却凡胎能不老，吞将仙液能长生。"故事情节加上诗句是要喻示，师徒所享用之仙品，所饮之仙液，是在描述身心性命功夫。道家称之为采大药服食。儒家可以理解为，善养吾浩然之气。

这番便宜了八戒、沙僧，佛祖处正寿长生、脱胎换骨之馔，尽着他们受用。吃了佛祖所赐之馔，长生脱胎换骨。这里再次明示此处所讲是：采药、得药、服食之诀，亦是孟子之养吾浩然之气。后世儒家理学也称，通过一系列的涵养功夫，亦即养气，可以变化我们的人身气质。养气功夫可以将我们善恶混杂的气质，变为久大永恒的、天地之性的完美气质。这种变化气质的状况，就是道家所讲的："长生脱胎换骨。"释家称为转识成智，这一点三家大体相似。

二尊向唐僧要人事，唐僧无，二尊笑道："好！好！好！白手传经继世，后人当饿死矣！"这里不能看成二尊是在要钱。盖修身之道，天道、人道均重。若无天道，人道淹没；若无人道，天道难全。故人道不可缺，人事不可缺。另则修身所重者，法、财、侣、地。无法诀，无从下手。无财，则无养命资粮，如何入手做功夫？故释迦摩尼要持钵乞食，老子要当图书管理员，孔夫子要去当先生！这就是人道要顺应天道，要顺应自然之法则。

到这里我们可以再回味一下。师徒四众，到雷音寺拜见如来，如来说的话儒家味，让二尊设供招待的是仙馔，传的经是佛经。这里我们可以说，雷音寺里的佛祖，圆融了儒释道三家为一体，俨然三家共融、三家为一。儒家讲：惟精惟一。道家讲：守中抱一。释家讲：万法归一。三家总是一个一，所尊所行者都是一个道字。

8. 无字真经

燃灯古佛知东土众僧愚迷，不识无字之经，却不枉费了圣僧这场跋涉！遂唤白雄尊者把那无字之经追转，叫他再来求取有字之经。白雄尊者即离了雷音寺，山门之外大显神威，起一阵狂风。把师徒的经包吹得破落飘零，八戒见经本落下，遂与行者收拾背着，来见唐僧。唐僧满眼垂泪。沙僧抱着散经，打开看时，原来雪白，并无半点字迹，慌忙递与三藏道："师父，这二卷没字。"行者又打开一卷着时，也无字；八戒打开一卷，也无字。三藏叫："通打开来看看。"卷卷俱是白纸。四众急急回山，无好步。忙忙又转上雷音。

燃灯古佛，以东土众生，不识无字真经，吩咐白雄尊者，将其无字真经追回。无字真经，喻无为之道，上乘顿悟之道！无字真经，全是以心印心，不假外求。上古尧传舜："天之历数在尔躬，允执厥中。"即是无字真经。

《论语·里仁》里载，子曰："参乎！吾道一以贯之。"曾子曰："唯。"子出，门人问曰："何谓也?"曾子曰："夫子之道，忠恕而已矣。"

世尊在灵山法会上，拈花示众，是时众默然，独迦叶破颜微笑，世尊曰："吾有正法眼藏，涅槃妙心，实相无相，微妙法门，不立文字，教外别传，付嘱摩诃迦叶。"

孔夫子传无字真经，只曾子领会；世尊传无字真经，只迦叶领会。无字真经，最上一乘无为之道。无字真经确有，只是世间少有此根器者。

相传，我们华夏文明亦有一本无字天书，这本书只有图案没有文字，记载着我们民族的起源及宇宙天地的变化规律法则。

相传只是传说，我们没有真正见过。但在现实中，我们的华夏文明里的的确确就有无字天书、无字真经。无字真经者，《河图》、《洛书》《易图》是也。

9. 有字真经

三藏四众直至大雄殿前。行者嚷道："如来，我师徒受了万折千磨，千辛万苦，自东土礼拜到此处。蒙如来吩咐传经，被阿难、伽叶掯财不遂，通同作弊，故意将无字的白纸本儿哄我们拿去。我们拿他去何用？望如来敕治！"佛祖笑道："你且休嚷。他两个问你要人事之情，我已知矣。但只是经不可以轻传，亦不可以空取。向时众比丘圣僧下山，曾将此经在舍卫国赵长者家与他诵了一遍，保他家生者安全，亡者超脱，只讨得他三斗三升米粒黄金白银；我还说他们忒卖贱了，叫后代儿孙没钱使用。你如今空手来取，是以传了白本。白本者，乃无字真经，倒也是好的。因你那东土众生愚迷不悟，只可以此传之耳。"即叫阿难、伽叶："快将有字的真经，每部中各检几卷与他，来此报数。"

二尊者复领四众到珍楼宝阁之下，仍问唐僧要些人事。三藏无物奉承，即命沙僧取出紫金钵盂，双手奉上。阿难收了人事，伽叶才进阁检经，传经五千零四十八卷，乃一藏之数。师徒查验都是有字真经，将经书收拾齐整，才喜喜欢欢到我佛如来之前。

佛祖道："经不可以轻传，亦不可以空取。"此话确是实言。真经如是匪人求，万金不传；就是上智利根之人，亦要历经种种磨难，方可传之。此乃天道！真经也确是不可以空取的，空取则易生怠慢之心。就算生在与圣人同时代，一分不花，一粒米不给，就让孔夫子、老子、释迦摩尼传你法，也不可能啊！

当然，这并不是说圣人也讲现实，而是说天道、人道都要两全，不可有缺。对于此间三昧，我只能说："你懂的。"故二尊仍要人事，三藏拿唐王赐之紫金钵奉上，阿难接了，迦叶才进阁检经。真想求法、求道，应该懂的。有字真经、有为法，渐法也。无论儒释道有千经万典，基本都是由有为法去入手的，只是各家入手处有所区别而已。

有字真经，实出于无字。无字者，天理也。天不言，故托人假以形字，以言其体用，加上人之禀性根器有清明、昏暗之不同，多数人难识无字之秘，所以必须以有字者度之。无字有字，都是真经矣！有字无字，一有一无，一实一虚，一阴一阳，天地造化之机，圣贤必依此造化，而大道尽传矣！

10. 儒释道传经法会

其时如来高升莲座，一时间天乐遥闻，仙音响亮，满空中祥光叠叠，瑞气重重，诸佛毕集，参见了如来。如来问阿难、迦叶："传了多少经卷与他？可一一报数。"二尊者即开报："付去唐朝在藏之经，共三十五部，各部中总检出五千零四十八卷，与东土圣僧传留东土。现俱收拾整顿于马驮人担之上，专等谢恩。"

三藏四众拴了马，歇了担，一个个合掌躬身，朝上礼拜。如来对唐僧道："此经功德，不可称量！虽为我门之龟鉴，实乃三教之源流。若到你那南赡部洲，示与一切众生，不可轻慢。非沐浴斋戒不可开卷。宝之！重之！盖此内有成仙了道之奥妙，发明万物之奇方也。"三藏叩头谢恩，信受奉行。

如来因发付唐僧去后，才散了传经之会。旁又闪上观世音菩萨，合掌启佛祖道："弟子当年领金旨，向东土寻取经之人，今已成功，共计一十四年，乃五千零四十日，只是少了八日，不合藏数。乞准弟子缴还金旨。"如来大喜道："所言甚当，准缴金旨。"即叫八大金刚吩咐道："汝等快使神威，驾送圣僧回东，把真经传留，即引圣僧西回。须在八日之内，以完一藏之数。勿得迟违。"金刚随即赶上唐僧，叫道："取经的，跟我来！"唐僧等俱身轻体健，荡荡飘飘，随着金刚驾云而起。这才是：

见性明心参佛祖，功完行满即飞升。

如来对唐僧道："此经功德，不可称量！虽为我们龟鉴，实乃三教之源流！"这话说得再直白不过了。以此当知，儒释道三家，门殊而道同。非沐浴斋戒，不可开卷。沐浴斋戒，《礼记》上有记载，即《庄子·人间世》之心斋也。把心打扫得圣洁、庄严、清净才叫做“斋”。后世道门全真所谓：“清心洁身为斋，禁制诸恶为戒。”沐浴斋戒，释家称之为梵行，清净行也。看来，想看真经确实是有难度的，要到沐浴斋戒功夫境地，方是开卷有益。

故如来对唐僧言：“宝之！重之！盖此内有成仙了道之奥秘，发明万物之奇方也！”这话大有玄机！阿难、迦叶二尊，传给师徒的经尽是释家经典。但是，这里如来却说里面有成仙了道之奥秘!!!

传经五千零四十八卷，唐僧师徒历经十四年，共计五千零四十日到雷音寺。少了八日，不合藏数。八，周易先天数为坤，坤为大地，为腹。少了八日，不合藏数，即是在告诫我们做身心性命功夫，初成超脱后，还应虚其心，实其腹，在世间传道，积功累行，方合全道。张三丰的《了道歌》言：“丹成长啸出山去，隐显立功著化迹。上帝闻名下紫书，诏我朝天飞空碧。”如此方是大圆满成就者。

11. 少一难

话表八金刚既送唐僧回国，那二层门下，有五方揭谛、日值功曹、六丁六甲、护教伽蓝，拿着唐僧灾难的簿子。来向菩萨缴法旨。菩萨将难簿目过了一遍，急传声道：“佛门中‘九九归真’，圣僧受到八十难，还少一难，不得完成此数。”即命揭谛：“赶上金刚，还生一难者。”这揭谛得令，飞云驾回东来，一昼夜赶上八大金刚，附耳低言道：“如此如此，谨遵菩萨法旨，不得违误。”八金刚闻得此言，“刷”的把风按下，将他四众连马与经坠落在地。噫！正是那：

九九归真道行难，坚持笃志立玄关。
必须历练邪魔退，方得修持正法还。
好把功程勤苦积，莫将经卷等闲看。
古来妙合参同契，毫发差时不结丹。

“九九归真”实乃道门词，这里贯上佛门，亦是要阐明释道同真。且在此处释道，确有共通之处。释家以修戒定慧为旨，四禅八定是必修课；释家做功夫，需要过此四禅八定，方能真正超脱。禅定功夫即使到了第八定，非想非非想处定，也是还有微弱的受想行识四阴未除，故难以彻底超脱。可见，释家亦是要破尽人身所有的阴性才能成就。而道家所谓九九归真无非是要表述，九九为极阳之数，九九即极阳无阴了。这点上，释道二家显然是有共通处的。

诗句：古来妙合参同契，毫发差时不结丹。《参同契》为东汉魏伯阳所作，以易融黄老、丹火之功于一体，被称为“万古丹经王”，为后世道门各家所共宗之。如修身性命功夫所行之诀与之相背，即难免误入旁门，盲修瞎练终不结丹。

现八十难，还少一难，不得完成此数。前言身心性命功夫，初成超脱后，还应在世间积功累行。身心性命功夫初成，只是相当于孟子的修身养气功夫有所成就，即养吾浩然之气，养到至大至刚，但还未到充塞天地的境界。

故后面还有功夫要做！这里就如后世道家讲的，身心性命功夫有所成就，得大药服食之后，还要做温养圣胎之功夫。温养圣胎一成就，即真的是脱胎换骨了，真的是气质之性变化成天命之性了。

温养圣胎可分两步功夫做，前部分道家称为“十月怀胎”。此间功夫不可有差，差之毫厘，失之千里。八大金刚把风按下，温养圣胎，不可急行火候矣，故是毫发差时不结丹。

12. 通天河西岸

三藏脚踏了凡地，自觉心惊。八戒呵呵大笑道：“好！好！好！这正是要快得迟！”沙僧道：“想是我们走快了些，叫我们在此歇歇哩！”大圣道：“俗语云：‘十日滩头坐，一日行九滩’”三藏道：“你三个且休闲讲，认认这是什么地方。”行者抬头四望，道：“是这里！是这里！师父，你听听水响。”八戒对沙僧道：“水响，想是你的祖家了？”行者道：“他祖家乃流沙河，不是！不是！此通天河也。”三藏道：“徒弟啊，仔细看在那岸？”行者纵身跳起看了，下来道：“师父，此是通天河西岸。”沙僧道：“二哥，我师父已脱了凡胎，今番断不落水。叫师兄同你我都作起摄法，把师父驾过去也。”行者微微的笑道："驾不去！驾不去！"你道他怎么就说个“驾不去”？只因心里明白，知道唐僧九九之数未完，还该有一难，故稽留于此。

八戒呵呵大笑道：“好！好！好！这正是要快得迟！”温养圣胎就是想要快，需是得迟。此功如鸡抱卵，如龙养珠，安神定息，任其自然，万万不可急行火候。石杏林曰：“不须行火候，又恐伤婴儿。”即是此意。

行者道：“是这里！是这里！”八戒对沙僧道：“想是你的祖家。”行者道：“不是！不是！此通天河也。”《西游记》第四十七回已言，东土距通天河五万四千里，东土距西天十万八千里，五万四千里正是十万八千里之中道。此中无论是从东土到西天，还是从西天回中土，均是中道。中者，天下之大本也。

三藏道：“仔细看在那岸？”行者道：“此是通天河西岸。”前番取经，要从东岸到西岸。此是得经后，从西岸要回东岸，此返本还元之道也。《悟真篇》言：“劝君求取生身处，返本还源是药王。”

古代禅宗吉州青原惟信禅师，有一段精彩的语录，就是说明这个返本还源的：“老僧三十年前未参禅时，见山是山，见水是水；及至后来，亲见知识，有个入处，见山不是山，见水不是水；而今得个休歇处，依前见山只是山，见水只是水。”

沙僧道：“我师父已脱凡胎，把师父驾过去。”行者微笑道：“驾不去！驾不去！”此圣胎刚结，温养不足，还未彻底圆满究竟，故是驾不过去的。

13. 师徒落水

师徒们正在徬徨间，还是那个大白癞头鼋，要来接四众过河。行者叫把马牵上他身，八戒还蹲在马后，唐僧站在马颈左边，沙僧站在右边，行者一脚踏著老鼋的颈，一脚踏著老鼋的头，叫道："老鼋，好生走稳着。"那老鼋登开四足，踏水面如行平地，将他师徒四众，连马五口，驮在身上，径向东岸而来。诚所谓：

不二门中法奥玄，诸魔战退识人天。

本来面目今方见，一体原因始得全。

果证三乘凭出入，丹成九转任周旋。

挑包飞杖通休讲，幸喜还原遇老鼋。

老鼋驮着他们，行经半多日，将次天晚，好近东岸，忽然问道："老师父，我向年曾央你到西方，见佛祖如来，与我问声归着之事，何时可得人身，可曾问否？"原来那长老自到灵山，专心拜佛取经，他事一毫不理，所以不曾问得老鼋归着，无言可答；却又不敢欺打诳语，沉吟半晌，不曾答应。老鼋即知不曾替他问，他就将身一晃，呼啦的淬下水去，把他四众连马并经通皆落水。咦！还喜得唐僧脱了胎，成了道。若似前番，已经沉底；又幸白马是龙，八戒、沙僧会水。行者笑微微，显大神通，把唐僧扶驾出水，登彼东岸，只是经包、衣服、鞍辔俱尽湿了。

师徒四众连马五口，上在白鼋身上，径向东岸而来。鼋者，像龟之动物也，古有神龟负洛书，出于洛水。师徒连马五口，五是洛书之中宫数，喻守中之道，乃是不二法门。

诗句："本来面目今方见。"本来面目就是禅宗讲的我们的本心、本性，释家有时又称为圆觉自性或真如佛性，反正都是一个意思，犹如儒道二家之赤子之心。

"一体原因始得全，果证三乘凭出入，丹成九转任周旋"。此处借释家之心性功夫阐述道家身心性命、内外兼修之密旨。

老鼋将身一晃，淬下水，把师徒四众连马并经，通皆落水。行者笑微微，显大神通，把唐僧扶驾出水，登彼东岸。前凌云渡无底船，师徒登彼岸，乃是由性了命。此通天河落水，登彼东岸，乃是由命了性。最终性命俱了，方为大解脱。

14. 一阵狂风谁人知

师徒方登岸整理，忽又一阵狂风，天色昏暗，雷闪俱作，走石飞沙，唬得那三藏按住了经包，沙僧压住了经担，八戒牵住了白马，行者却双手轮起铁棒，左右护持。原来那风雾雷闪，乃是些阴魔作耗，欲夺所取之经。劳嚷了一夜，直到天明，却才止息。长老一身水衣，战兢兢的道："悟空，这是怎的起？"行者气呼呼的道："师父，你不知就里。我等保护你获此经，乃是夺天地造化之功，可以与乾坤并久，日月同明，寿享长春，法身不朽，故此为鬼神所忌，欲来暗夺之耳。一则这经是水湿透了，二则是你的正法身压住，三则是老孙使纯阳之性护持住了。及至天明，阳气又盛。所以不能夺去。"三藏、八戒、沙僧方才省悟。

少顷，太阳高照，却移经于高崖上，开包晒晾。至今彼处晒经之石尚存。他们又将衣鞋都晒在崖旁，立的立，坐的坐，真个是：

一体纯阳接太阳，阴魔不敢逞强梁。
须知水胜真经伏，不怕风雷闪雾光。
自此清平归正觉，从今安泰到仙乡。
晒经石上留遗迹，千古谁人到此方！

三藏按住经包，沙僧压住经担，八戒牵白马，行者双手轮起铁棒，左右护持，防危虑险矣。温养圣胎，污染之心神，自会转化为清净无瑕之心神。这个阶段定有"阴魔"来扰，切不可认之，恐著外邪矣。

道家所谓修道有十魔九难也。释家典籍亦有论及"阴魔"来干扰的情形。“阴魔”是个形象比喻词。“阴魔”用来形容我们内心欲念没有彻底扫除干净，心里所产生的幻象及思虑景象。如果内心一片赤诚，见得本心本性，定没有所谓的“阴魔”干扰。遭遇“阴魔”干扰，只要守住悟空元神，纯阳之性护体，“阴魔”自散矣。

诗句“一体纯阳接太阳”。内外光明，纯阳无阴；阴气灭绝，当然是阴魔不敢逞强梁了。

诗句“须知水胜真经伏”。沐浴温养圣胎，养气至精气神，凝结为一体。真阳之气护体，自是不怕风雷闪雾光，不怕天地五运六气来干扰了。

诗句“自此清平归正觉”。圣胎完成，气质之性已然转为天命之性，从今安泰到仙乡。气已养得至大至刚，直养而无害，充塞于天地之间。道家所谓：阳神出现，待时脱化也。

诗句“晒经石上留遗迹”。已欲立而立人，成己还需成人，要为世间留下真诀。千古谁人到此方！世人难识真假，未遇知音也。

到此境地，功夫已然成就。后面的敕封，只是喻示功夫还要做得更加圆满自在一些。犹如一个人，已然有冠军的实力，去比赛及等待上台颁奖，不过是再肯定、证实一下而已。

15. 如来敕封

师徒于通天河东岸陈家庄，稍作停留，就连夜悄悄离开。

八大金刚使第二阵风，把师徒四众连白龙马送至东土，见了太宗，又被八大金刚驾香风，引着长老四众，连马五口，复转灵山，连去连来，恰在八日之内。此时灵山诸神都在佛前听讲，八金刚引他师徒们去对如来道："弟子前奉金旨，驾送圣僧等，已到唐国，将经交纳，今特缴旨。"遂叫唐僧等近前受职。如来道："圣僧，汝前世原是我之二徒，名唤金蝉子。因为汝不听说法，轻慢大教，故贬汝灵转生东土，今喜皈依，秉我迦持。又乘我教，取去真经。甚有功果，加升大职正果，汝为旃檀功德佛。孙悟空，汝因大闹天宫，吾以甚深法力压在五行山下，幸天灾满足，归于释教，且喜汝隐恶扬善，在途中炼魔降怪有功，全始全终，加升大职正果，汝为斗战胜佛。猪悟能，汝本天河水神，天蓬元帅，为汝蟠桃会上酗酒戏了仙娥，贬汝下界，投胎身如畜类，在福陵山云栈洞造孽；幸归大教，入我沙门，保圣僧在路。却又有顽心。色情未泯，因汝挑担有功，加升汝以正果。做净坛使者。"八戒口中嚷道："他们都成佛，如何把我做个净坛使者？"如来道："因汝口壮身慵，食肠宽大，盖天下四大部洲，瞻仰吾教者甚多，凡诸佛事，叫汝净坛，乃是个有受用的品级，如何不好？沙悟净，汝本是卷帘大将，因蟠桃会上打碎玻璃盏，贬汝下界，落于流沙河，伤生吃人造孽，幸皈吾教，诚敬迦持，保护圣僧，登山牵马有功，加升大职正果，为金身罗汉。"又叫那白马："汝本是西洋大海敖闰龙王之子，因汝违逆父命，犯了不孝之罪，幸得皈我沙门，亏你驮负圣僧西来，又驮负圣经东去，亦有功者，加升汝职正果，为八部天龙。”

师徒历经十四年到西天雷音寺，取藏五千零四十八卷，还差八日方合藏数。为此八日，师徒从雷音寺又回到东土长安，又从东土长安回到雷音寺。此前后刚好是三个来回，身心性命功成。三个来回三关矣。道家讲三关，禅宗讲三关，儒家讲三才，名不同意同。到此，师徒受封，均成正果。

前面过凌云渡，暗示师徒一体。这里师徒受封，名号又各有不同，好像有矛盾？这里其实并不矛盾。一个人本来就可以身兼多职的。比如一个人，是父母的孩子，又是自己孩子的父母，又是自己兄弟姐妹的同胞，如此延续下去，一个人的身份是很多的。作者这么安排，本意还是要让人破相。这么多不同的角色在一起，其实就是一个人而已。

受封的名号，均是释家名号。就以释家来举例吧，释家法脉自释迦牟尼以后，后世门派分裂非常严重。如跳出个人的宗教情节，去翻下释门的历史，自会发现确实是比较混乱的。关于这点，儒道二家就幸运多了。释家有南传法脉——罗汉道；有北传法脉——菩萨道。南传法脉认为，北传法脉非释迦摩尼说的法，还拿出铁证一般的史实依据。北传法脉又认为，自己是大乘教法，南传法脉，是小乘教法。当然还有密宗各派，各说各的。

这里师徒受封的名号，有罗汉道的，有菩萨道的。作者是要告诫世人，罗汉道也罢，菩萨道也罢，显宗也罢，密宗也罢，只要真正觉悟了，都是见得如来的！一个人的修身功夫，真是觉悟圆满了，可以是罗汉！可以是菩萨！可以是佛！罗汉、菩萨、佛，到了圆满地并无差别。

这一章完全是在讲破相、中道，直指释家《金刚》心法与儒家《中庸》精髓。《西游记》作者一再秉承圣人之心，希望我们放弃狭隘的门户宗派之见。须知儒释道三家中，真正觉悟的人都是圣人，西方世界的哲人中，真正觉悟了也是圣人。只有真正觉悟了，拥有广阔的胸怀，才能体悟夫子的“登东山而小鲁，登泰山而小天下”。

取经其实就是让我们返璞归真，找回自己的本心本性，找回真正的那个“自己”。而不是让我们搞宗派迷信，搞怪力乱神。取经的终点，如按庄子之语来描述一下即是：“独与天地精神往来，而不敖倪于万物，不谴是非，以与世俗处。”

16. 师徒正果

长老四众，俱各叩头谢恩。马亦谢恩讫，仍命揭谛引马，下灵山后崖化龙池边，将马推入池中，须臾间，那马打个转身，即退下毛皮，换了头角，浑身上长起金鳞，腮额下生出银须，一身瑞气，四爪祥云，飞出化龙池，盘绕在山门里擎天华表柱上。诸佛赞扬如来的大法。行者却又对唐僧道：“师父，此时我已成佛，与你一般，莫成还戴金箍儿，你还念什么《紧箍咒儿》

揹勒我？趁早儿念个《松箍咒儿》脱下来，打得粉碎，切莫叫那什么菩萨再去捉弄他人！”唐僧道：“当时只为你难管，故以此法制之。今已成佛，自然去矣，岂有还在你头上之理！你去摸看。”行者举手去摸一摸，果然无了。此时旃檀佛、斗战佛、净坛使者、金身罗汉俱正果了本位，天龙马亦自归真。诗曰：

一体真如转落尘，合和四象复修身。
五行论色空还寂，百怪虚名总莫论。
正果旃檀皈大觉，完成品职脱沉沦。
经传天下恩光满，五圣高居不二门。

五圣正果之时，诸众佛祖、菩萨、圣僧、罗汉、揭谛、比丘、优婆夷塞、各山各洞神仙、丁甲、功曹、伽蓝、土地，一切得道的仙师，始初俱来听讲，至此各归方位。你看：

灵鹫峰头聚霞彩，极乐世界集祥云。金龙稳卧，玉虎安然。乌兔任随来往，龟蛇凭汝盘旋。丹凤青鸾情爽爽，玄猿白鹿意怡怡。八节奇花，四时仙果。乔松古桧，翠柏修篁。五色梅时开时结，万年桃时熟时新。千果千花争艳，一天瑞霭纷纭。

马入池变龙飞出，行者头上紧箍咒消失，喻身心性命功夫真正自在圆满，形神俱妙与道合真。儒家谓之：气质之性转为天命之性，穷神知化也。关于这个圆满，《大学》称之为明德、至善。与天惟精惟一、允执厥中，方能称为明德，称为至善！故诗曰：“一体真如转落尘，合和四象复修身。”如用释家来说则可谓之：八识转为四智，性相如如也。

师徒正果时的观众，有释家人物，亦有道家人物。灵鹫峰头里描述的景象，一片仙境景象。这个如来是个混合体，是住在仙境里的如来。这里是借释咏道，有释道互参之意，也就是说，师徒正果受封看似在释家，其实亦在道家门内。当然从整体情节来看，也是不出儒家之外的。

17. 周易解密雷音寺

师徒历经九九八十一难，终到西天雷音寺而成正果。从《西游记》里整个灵鹫山景象及整个雷音寺景象来看，显然雷音寺的如来，非指释迦牟尼。这个灵鹫山雷音寺内，明显包含儒释道三家。包含三家，意在让三家互用、共存，如此方为完美。

为何证果非得是西天雷音寺？雷者，周易万物类象，配入震卦，悟空出生于东胜神洲。东者，周易万物类象配入震卦。唐僧出生于东土。东者配入震卦。从东土出发取经，到西天雷音寺，得了真经。看似到了西天，而雷音还是震卦，还在东边。绕了十万八千里，三个地方，其实就是一个地方。东胜神洲就是东土，东土就是雷音寺，西天雷音寺，就在东土。这么安排初看有点让人不可思议，三个地方即同是一个地方，起点其实就是终点。作者这么安排就是要告诉我们：此岸即是彼岸，当下即是解脱！

因此，我们不用想着去西天找雷音，不用到处求神拜佛、磕头念经，想着移民天堂、移民西方极乐。自性清净，当下即是天堂！自性清净，当下即是西方极乐！自性清净，当下即是解脱！孔夫子所谓："朝闻道，夕死可矣。"我们的平常心就是大道，大道就是我们的平常心！

结语

《西游记》全书的故事情节，主要是围绕师徒四人与白龙马去西天取经而展开的。师徒四人与白龙马，其实就是一条取经脉络，这条脉络为我们揭示了重要的人生真谛：首先是猴王出生，花果山上有一块仙石，每受天真、地秀、日精、月华，感之既久，遂有灵通之意，内育仙胎。我们每个人，都是受天地灵气所养，每个人都是人之初、性本善。每个人都是仙胎。每个人本来都是圆满具足。

猴王代表仙胎，那唐僧又代表什么呢？唐僧出生后，被放在木板上，顺水而流至金山寺，被法明长老收养，取个乳名江流。江流就是我们的人心，犹如江水横流。人出生后，只要是活着，心念无一刻停歇，人之欲望滔滔，真是有如江水横流。本来的人之初、性本善，随着血气渐长，知觉日深，在不知不觉中逐渐被欲望牵引了。如此，本来的仙胎就慢慢成了江流。江流是指我们本心迷失，理不明，法不明。理不明就需法明来收养你，安你的心。法要明，第一步先学习，要熟读百家经典，通达三藏。学习的过程就是取经的开始。取经就是要找回那最初的本真，取回那最初的真善美。取经过程，就是修身立己的过程。

修身立己，心要悟空，心悟得空，才不会太执著于事物与欲望，不执著就不会轻易随波逐流。心不能光是悟空，悟只是明理，“明仁义礼智信之理，明天地自然之理”，明了理只是知，知了就要去行、去实践。脚踏实地地去实践，做好自己本职，守好自己本分，就是行者了。

行者不能只是一时，要有大毅力、大恒心，要坚持不懈地修身立己。如白龙马一样，兢兢业业，本本分分，不辞辛劳，踏行十万八千里路亦无怨无悔。如此大脚力、大毅力地去实行，方是实实在在的真行者。

真行的过程中，也不单是做心性功夫，还应入手身命功夫。只有身心性命兼顾，方为上乘之道。身心性命都要兼顾，就得悟能。悟能是面对境相，能如金刚般坚固，断破诸烦恼，同时亦是体悟人身原有的生命良能。良能得用，让我们精气内固，真气充盈，六淫之气莫之能伤。良能得用，让我们身内三宝俱全，诸疾不侵，生命长青。当然，功夫即便至此，也是不能沾沾自喜的，也是不能懈怠的，还应守戒，守八戒，守身戒。

守戒条也不可古板，应会善巧变通，故还需悟净！悟得自己内心思虑清净，清净得没有条框，没有瑕疵，内心全然是一片诚意，意诚而思无邪。这些修身功夫，不但应自己做，还应做榜样，去引导他人如何做。己欲立而立人，己欲达而达人。自己做好是本分，引导他人做好就是责任。自己做好，是人道圆满。人道做好，还要做好师道。师道做好，才是真正的人师，才是一个称名的“和尚”。

这些大家都能做好的话，这个社会就成大同社会了！大同社会，就是我们的人间仙境！大同社会，就是我们的人间天堂！大同社会，就是我们的极乐世界！

这些修身立己的功夫，不论是人道还是师道，都做得圆满了，就知行合一了，就找回了自己那最初的真善。真善当下，立到灵山雷音寺！真善当下，立见如来！

《西游记》中师徒四人与白龙马这条取经脉络，不要说做到十分，哪怕是做得一二分，也会让我们的人生倍添光彩。

当然，《西游记》倡百家之言，内容博大精深，凭我一己之力，谬误之处在所难免，欢迎批评指正。

王杰星作于共和六十六年乙未秋仲月